Una traición mística

Una traición mística

Alejandra Pizarnik

Edición y prólogo de Luna Miguel

Epílogo de Gabriela Borrelli Azara

Lumen

narrativa

Papel certificado por el Forest Stewardship Council®

Primera edición: octubre de 2024

© 2002, Myriam Pizarnik
© 2024, Luna Miguel, por el prólogo y la edición
© 2024, Gabriela Borrelli Azara, por el epílogo
© 2024, Penguin Random House Grupo Editorial, S. A. U.
Travessera de Gràcia, 47-49. 08021 Barcelona

Penguin Random House Grupo Editorial apoya la protección de la propiedad intelectual. La propiedad intelectual estimula la creatividad, defiende la diversidad en el ámbito de las ideas y el conocimiento, promueve la libre expresión y favorece una cultura viva. Gracias por comprar una edición autorizada de este libro y por respetar las leyes de propiedad intelectual al no reproducir ni distribuir ninguna parte de esta obra por ningún medio sin permiso. Al hacerlo está respaldando a los autores y permitiendo que PRHGE continúe publicando libros para todos los lectores. De conformidad con lo dispuesto en el artículo 67.3 del Real Decreto Ley 24/2021, de 2 de noviembre, PRHGE se reserva expresamente los derechos de reproducción y de uso de esta obra y de todos sus elementos mediante medios de lectura mecánica y otros medios adecuados a tal fin. Diríjase a CEDRO (Centro Español de Derechos Reprográficos, http://www.cedro.org) si necesita reproducir algún fragmento de esta obra.

Printed in Spain – Impreso en España

ISBN: 978-84-264-3105-9
Depósito legal: B-12.610-2024

Compuesto en M. I. Maquetación, S. L.
Impreso en Unigraf, Móstoles (Madrid)

H431059

Ebriedad de presentimientos mágicos

Notas (muchas) alrededor de la obra narrativa
(e inacabable) de Alejandra (Pizarnik)

Prólogo
por Luna Miguel

No me tomen por loca cuando les diga que no existe en el mundo algo más excitante y aterrador que la atenta relectura de la obra más oculta de una autora amada. Virginia Woolf lo dijo con un poco más de ensoñación y remilgo: que releer es «regresar a nuestros momentos más felices». Por su parte, Jorge Luis Borges tenía la idea de que releer era aún más importante que leer —y para llegar a lo primero, obvio, hay que haber probado lo segundo—, pero también de que el hecho de saber que «todo está ya escrito», que todo está ya dicho en los libros que acumulamos, conlleva una angustia que nos «afantasma».

¿Quiere decir eso, rizando el rizo borgeano, que releer es volverse fantasma dos veces?

¿Algo parecido a morir y renacer para morir de nuevo?

Excitación y terror, les decía; excitación y terror es cuanto una sentirá al acercarse de nuevo a la lectura de la obra más desconocida de una autora amada, en especial si esa autora es a su vez una relectora y una reescritora apasionada.* Me estoy refi-

---

* Quien haya leído sus diarios lo sabe: más que un compendio de lecturas, lo es de relecturas. El verbo «releer» aparece hasta la saciedad, y como una gozosa angustia: «debo releer», «tengo que releer», «releeré», «releo», «me urge releer»..., y así. Y en febrero de 1963 se propuso el siguiente reto: «Estoy terminando *El Quijote*, libro que desearía releer cada año».

riendo, por supuesto, a una de las poetas más leídas y veneradas de nuestro tiempo, Alejandra Pizarnik, quien, entre las muchas definiciones que dio de su escritura, dijo que ésta era «densa y peligrosa». Pero ¿por qué? «Escribo para no suicidarme»,* aseguró en una de las prosas recogidas en este volumen. O bien: «Escribo para defenderme, para ganar mi espacio silencioso», que diría en su diario, en el que más adelante reconoció: «Si no me escribo, soy ausencia». Así que no me tomen por loca cuando les repita que no existe en el mundo nada más excitante y aterrador que releer a Pizarnik. Porque da exactamente igual si ustedes la conocen al dedillo, o si, en cambio, ésta es la primera vez que se acercan a su obra narrativa: de cualquiera de las maneras, la antología *Una traición mística*** pretende ser la prueba de que leer a su autora significará siempre, como en un acto extraño y mágico, releerla.

Ya siento estos trabalenguas. Quisiera ser más clara y concisa en esta nota introductoria al libro que nos convoca pero, siguiendo la tradición marcada por Ana Nuño en el prólogo a la *Prosa completa* pizarnikiana, editada por Ana Becciu en 2002, también sé que mi deber no es otro que el de ir desperdigando una serie

---

* «Escribo para no morir», diría también Alfonsina Storni. «Escribo para no matar», diría también Emil Cioran. «Escribo para que me quieran», diría también Federico García Lorca. «Escribo para que el agua envenenada pueda beberse», diría también Chantal Maillard. «Escribo para nada», diría también Marguerite Duras.

** La elección de este título responde a dos cuestiones. La primera es egoístamente estética. La segunda tiene que ver con la creencia de que el texto «Una traición mística», contenido en este libro, escrito en 1966 y publicado originalmente en *La Gaceta de Tucumán* en 1970, es en realidad una suerte de declaración de intenciones de la autora. Si, como me gusta decir, el equivalente del sistema filosófico de un poeta es su estilo, entonces «Una traición mística» estaría en los cimientos del sistema pizarnikiano: «Su silencio es un útero, es la muerte. Una noche soñé una carta cubierta de sangre y heces; era en un páramo y la carta gemía como un gato. No. Voy a romper el hechizo. Voy a escribir como llora un niño, es decir: no llora porque esté triste sino que llora para informar, tranquilamente».

de advertencias que nos obligarán a despertar todos nuestros sentidos, pues lo que finalmente consigue Alejandra Pizarnik con su escritura no-rigurosamente-lírica —aunque empeñarse en decir que esto no es poesía, ya lo verán, sería bastante discutible— es hacernos creer que todo es nuevo y que todo es viejo a la vez; que eso que ella nos está diciendo ya lo hemos visto antes en alguna parte; que su escritura no es sino un gran homenaje a la literatura que amó —fanática, como puede adivinarse por su sistema de citas y por sus diarios, del surrealismo francés, de la novela filosófica gestada en el existencialismo, del misticismo de Weil, de las babas de Joyce, de la fiebre de Sade, de los largos juegos de palabras de Vallejo, del pensamiento lírico de los machos del Boom, y un largo etcétera— pero que sin embargo su pulso, o su acento, o su manera de estructurar el oscuro humor de sus pasiones se despliega en estos textos como un canto inédito, como un despertar original.

Es que nada achanta ni «afantasma» a Alejandra Pizarnik; ni siquiera esa idea que rondó sus cuadernos y correspondencias, según la cual nadie «quiere» su poesía. Pero una cosa es lo que otros esperan de una, y otra cosa es lo que una espera de sí misma. Ateniéndonos a lo que aquí puede leerse, me aventuraré a decir que al menos Pizarnik sí quería a su poesía, pero porque sobre todas las cosas quería a su bibliografía, es decir: amaba conversar íntimamente con la historia de la literatura, y es por esa razón por lo que su obra está llena de deliciosas trampas —o mejor, ¿trampillas?, ¿escotillones?, ¿madrigueras?*— por las

---

* El peso de *Alicia en el País de las Maravillas* en su imaginario se hace evidente en muchas de las prosas de *Una traición mística*. Flores, bromas infantiles, una sexualidad reprimida, la alucinación, etcétera. En uno de los muchos sueños que Alejandra Pizarnik relata en sus diarios, podemos adivinar el estado de alegría que le procuraba esta historia, y hasta imaginar la agitación carrollista con la que ella misma escribió a

que consigue que sus lectoras y relectoras nos deslicemos, conscientes de que esa poeta que tenemos frente a nosotras también es canon por derecho propio.

Hay una idea con la que la filósofa Monique Wittig explica esta intuición mucho mejor que yo. En su tesis sobre la somatización literaria, titulada *Le Chantier Littéraire*, aún inédita en castellano, Wittig nos dijo que «un escritor lee lo que otros han escrito, escribe lo que otros no han escrito, y lee lo que escribe al mismo tiempo como autor y como lector. El lector ideal es un escritor, y los escritores con fama de difíciles rinden homenaje a sus lectores considerándolos a todos escritores (reales o potenciales), siempre que muestren pasión por la aventura». Desearía que las prosas selectas de *Una traición mística* fueran leídas en clave de aventura, en clave de yincana y, a su vez, en clave de revelación. En este sentido, a propósito de la intertextualidad en la poética de Pizarnik, la escritora María Negroni dijo, al comienzo del ensayo *El testigo lúcido*, que su obra obliga a reformular «los vínculos entre poesía y silencio; represión y canon; carencia y ostentación, tristeza, crimen y estética».

Entonces, ¿cuál es la pasión aventurera del pensamiento literario, en general, y de la escritura narrativa, en particular, de Alejandra Pizarnik?

Para acercarme a una respuesta, tendría que volver a remitirme a las palabras que Ana Nuño escribió en el prólogo de la *Prosa completa*, un libro tal vez polémico por todas las puertas

---

los personajes de su *Pernambuco* o de sus *Perturbados*: «Me desperté a las cinco de la mañana muerta de risa. Recordaba, después de tanto tiempo, las aventuras de Alicia. La Reina, el Rey, el Sombrerero, la Liebre Loca, el Lirón, los flamencos para jugar al cricket, los hongos que hacían crecer y disminuir, el niñito que estornuda en la cocina llena de pimienta. Pero la tortuga llorona... sobre todo ella». Quizá es que Pizarnik también se viera como esa niña rara que cae por la madriguera de la literatura. Al contrario que Alicia, aquí la ficción no ahoga, sino que salva.

que abrió hacia el descubrimiento y la ampliación del universo pizarnikiano, pero también por todos los interrogantes que planteaba en relación con los géneros literarios en los que Ana Becciu inscribió su contenido. A saber: «Relatos» —donde había mezcladas crónica de viajes, como esa escapada suya a España, de Santiago a El Escorial; prosa poética de tonos y temas muy similares a los de *Textos de Sombra*, la recopilación de poemas últimos e inéditos incluidos en la *Poesía completa*; cuentos de hadas y de flores; entradas sueltas de diario; esbozos de ideas de futuribles novelas...—; «Humor» —donde la estética de los «Relatos» sigue presente, salvo que con cierta cabronería y risa con la que luego se desata en la *nouvelle* joyceana «La bucanera de Pernambuco o Hilda la polígrafa»—; «Teatro» —o lo que podría ser un poemario de largo y retumboso aliento, que María Negroni hermana con *El infierno musical*, de la propia autora—; «Artículos y ensayos» —una selección variopinta de sus reseñas y críticas literarias, muy formales, en las que no dejan de resonar sus opiniones ya expresadas en sus diarios a propósito de esos mismos textos o autores; además de «La Condesa Sangrienta», un texto que comúnmente ha sido publicado como cuento o como relato por otras editoriales en español o extranjeras, ¿por qué?, pues porque, como veníamos sugiriendo, en la escritura de Pizarnik los géneros no existen, o más bien se transgreden—, y, por último, «Prólogos y reportajes» —donde leemos algunas entrevistas a las que la autora contestó[*] para diversos suplementos literarios—.

---

[*] En un especial sobre mujeres creadoras de la revista *Sur*, en 1970, le preguntaron lo siguiente: «Por el hecho de ser mujer, ¿ha encontrado impedimentos en su carrera? ¿Ha tenido que luchar? ¿Contra qué y contra quién?». Alejandra Pizarnik respondió: «La poesía no es una carrera; es un destino. Aunque ser mujer no me impide escribir, creo que vale la pena partir de una lucidez exasperada. De este modo,

¿Aquello era la *Prosa completa*, entonces?

¿O más bien un *Compendio de escrituras transgénero*?*

Mi naturaleza escéptica y juguetona me lleva a asegurarles que lo segundo sería más correcto, si no fuera porque también hemos de tener en cuenta las advertencias de Ana Nuño: la *Prosa completa* de Alejandra Pizarnik vio la luz por primera vez al calor de un furor creciente: la confirmación de la poeta argentina como una de las escritoras en castellano más influyentes de la literatura contemporánea. Y si en 2002 era evidente la urgencia de publicar toda esta obra —hasta entonces desperdigada o guardada bajo llave— reunida en un tomo, lo que está claro es que dos décadas después de su publicación y al calor de ese furor del que todavía somos víctimas,** merece la pena replantearse cuál es la importancia de estos textos en el conjunto de la bibliografía pizarnikiana. Para Nuño, la edición de *Prosa completa* era celebrable por tres motivos. En primer lugar, el acceso a publicaciones

---

afirmo que haber nacido mujer es una desgracia, como lo es ser judío, ser pobre, ser negro, ser homosexual, ser poeta, ser argentino, etc., etc. Claro es que lo importante es aquello que hacemos con nuestras desgracias».

* Léanselo, colecciónenlo en su bibliografía pizarnikiana, y díganme qué otros nombres secretos podríamos darle.

** Por ejemplo (1): su *Poesía completa* no sale de las listas de libros más vendidos de poesía desde hace años en España. Por ejemplo (2): la traducción de *A Musical Hell* en la prestigiosa colección de poesía de New Directions, en 2013, supuso un paso clave de su expansión más allá del público hispano. Más tarde, en 2017, la publicación de *Extracting the Stone of Madness* se llevaría el Best Translated Book Award in Poetry, lo que terminaría por posicionar su obra como uno de los mayores tesoros por descubrir para los lectores de poesía en Estados Unidos. Por ejemplo (3): ya desde Europa, la mítica editorial francesa Ypsilon Éditeur, con uno de los catálogos de traducción poética más impresionantes del mundo —Hilda Doolittle, Yannis Ritsos, Ingeborg Bachmann, Unica Zürn, Pier Paolo Pasolini, Susan Howe, etcétera—, lleva más de una década reuniendo toda su obra poética, dramatúrgica y diarística. La primera parte de sus diarios, de hecho, se alzó con el Prix Clarens de Journal Intime en 2021. Editados en tapas de color lila, sus quince libros publicados hasta la fecha en Francia se encuentran en un lugar privilegiado en todas las librerías y bibliotecas del

ocultas, recogidas por Becciu entre los archivos que le tocó proteger por mandato de la familia de Pizarnik, y también de entre los custodiados en Princeton —universidad, ojo, que todavía hoy guarda materiales inéditos, *¿retenidos?*,* de la autora, y de cuyo contenido sólo tenemos noticia gracias a diversos trabajos académicos que reclaman su existencia, como si en vez de cajas de cartón la Firestone Library de Princeton atesorara pólvora—. En segundo lugar, el acceso al abanico de géneros literarios que la poeta desarrolló más allá del verso: ya les he dicho que en su quehacer hubo dramaturgia, hubo crónica, hubo crítica literaria, hubo, incluso, cuento erótico, y un largo etcétera. En tercer lugar, el acceso a una ordenación cronológica de los textos, ya que ésta, aparentemente, nos ayudaría a identificar cada escrito con las diversas etapas vitales de la autora, para no perdernos en el profundo océano de su biografía y de su creación. En verdad, el último de los elementos que para Nuño fue celebrable a mí no

---

país. De acuerdo con France Culture, su obra es fulgurante y «rimbaudiana». ¿Será que ven en ella a la mejor heredera extranjera de Arthur Rimbaud? Por ejemplo (4): Pizarnik rompe fronteras generacionales. Las redes sociales casan a la perfección con su visión de la vida, con su pesimismo, con su escritura erótica y con su inteligencia punzante. Durante casi cincuenta años se ha dicho de Alejandra Pizarnik que era una «eterna adolescente». Ésa es una de las teorías de Tamara Kamenszain, quien, en *La edad de la poesía*, asoció el cambio de nombre de Pizarnik —de Flora a Alejandra— como un primer suicidio adolescente, como una primera automuerte que la convertía, de alguna manera, en una «poeta joven» para la eternidad. Tiene sentido que ese carácter suyo juvenil, que esa eterna juventud suya sea otro de los vínculos que la siguen conectando, pase el tiempo que pase, con lectoras y lectores jóvenes, y más aún en tiempos de incertidumbre, precariedad y dolorosa salud mental. En X, en TikTok o en Instagram, Pizarnik es un icono. Ya sea su bot de citas —similar en popularidad al de Roberto Bolaño o Annie Ernaux—, con más de treinta mil seguidores, ya sea en las múltiples cuentas que llenan las redes sociales de memes con su rostro. Por ejemplo (5): ¡hasta la *rock star* Mariana Enriquez ha recomendado leerla, porque «la vida de Alejandra también es poesía»!
  * Rescato unas palabras de Osvaldo Aguirre para *Infobae*, en el contexto de un reportaje que se pregunta cómo es posible que las obras de grandísimos autores del siglo xx

termina de convencerme, pero también se trata de aquel que me ha sentado a intentar construir una nueva casa para algunas de las mejores obras en prosa de Alejandra Pizarnik, bajo el paraguas de *Una traición mística*, con el deseo de que ustedes sigan regresando a los lugares más felices y «afantasmados» en su literatura, esto es, para jamás dejar de releerla, a la espera de que su obra inédita pueda ser desempolvada.

¿Y cuál es el criterio que he seguido para la ordenación de este libro?

Más allá de dejarme llevar por el concepto de aventura* que nos proponía Monique Wittig, tan útil para el encadenamiento de textos por estilos y por temáticas, pero también tan natural desde el primer momento de su construcción, mi intención ha sido la de agrupar en un solo volumen aquellos textos que, tanto juntos como por separado, podrían arrollarnos en lo que

---

latinoamericano se encuentren repartidas en universidades de Estados Unidos. ¿Expolio o protección ante las posibles censuras? Ésa es la pregunta que late tras dicho artículo, y también la que ustedes pueden llegar a hacerse cuando conozcan, por ejemplo, la odisea específica de la obra de Pizarnik tras su muerte: «Los manuscritos, borradores e inéditos de Alejandra Pizarnik fueron así ordenados por Ana Becciu y Olga Orozco, quienes los guardaron en el estudio de un abogado; en 1977, Martha Moia, amiga de la poeta, los sacó del país en barco en dos sacos que repartió entre Becciu y Julio Cortázar; a la muerte de Cortázar, el material pasó a manos de Aurora Bernárdez, quien en 1999, de acuerdo con Myriam Pizarnik, hermana de Alejandra, los depositó en la Universidad de Princeton». Una vez allí, como hemos podido saber por el impresionante trabajo de Cristina Piña y Patricia Venti, autoras de *Alejandra Pizarnik. Biografía de un mito* (publicada por Lumen en 2021), en los archivos habría una escandalosa cantidad de textos aún inéditos por orden de sus herederos. En 2021, durante una de las entrevistas de promoción de la única biografía pizarnikiana publicada hasta la fecha —sin contar un pequeño libro mágico de César Aira a propósito de la vida y obra de la autora—, Patricia Venti declaró lo siguiente: «Cuando yo creía que no había nada más por descubrir, se publicaron sus obras completas, con la noticia de que Princeton albergaba muchos documentos más inéditos. Llegar allí fue casi como descubrir la cueva de Alí Babá».

* Mientras tecleo, me topo con otro momento de los diarios de Pizarnik que se me desvela tan irónico como perfecto: «Estás sola, escribiendo. Pero no estás sola. Aventura mágica, atroz».

asumo como un hipotético capítulo más —¿un episodio perdido?— de su poesía.

Ya lo dije: la escritura no-rigurosamente-lírica de Alejandra Pizarnik tiene demasiado de escritura rigurosamente-lírica. Sus pequeños cuentos alucinados son largos poemas. Su teatro es una escenificación de su ritmo poético. Sus relatos largos o crónicas esconden todas las trampas y los trucos de su poesía. Hay quien siempre se empeña en señalar cuán diferente es Alejandra Pizarnik en cada uno de estos registros, pero yo creo que eso no es cierto. Si bien estoy de acuerdo en la concepción de que en Alejandra hay muchas Alejandras —aunque eso es evidente en la progresión de sus poemarios—, también pienso que en los textos antologados en *Una traición mística* se demuestra una ampliación de su campo de batalla, absolutamente hermanada con sus escritos más conocidos. Aquí el pulso de Pizarnik no es radicalmente nuevo, ni tampoco es radicalmente diferente; en todo caso, revienta. De manera que lo original de estos textos con respecto a otra obra suya se encuentra, en primer lugar, en un afilamiento del placer palimpséstico; en segundo lugar, en un fogonazo del pensamiento, y en tercer lugar, en una pornografía hilarante.

Tales características dan lugar a lo que María Negroni bautizó como «obra de sombra», no sólo en referencia a *Textos de Sombra*,* sino también a la teoría que ella misma desarrolla en *El testigo lúcido*: «Aldo Pellegrini utilizó la imagen del "testigo lúcido" para referirse a los fragmentos líricos de *Los cantos de Maldoror*. A ellos les atribuyó un valor esclarecedor, proponién-

---

* Una nota de Ana Becciu en la edición de la *Poesía completa* de Pizarnik explica que la decisión de titular *Textos de Sombra* a sus poemas sin libro tiene que ver con los textos encontrados en los apartados «Inéditos» y «Acabados» de una carpeta y de unas hojas sueltas en las que podía leerse «Sombra» y «Textos de Sombra». ¿Sería ése el título de un posible libro inacabado?

dolos como hilos de Ariadna para entender el caos opositor de la obra. Mi movimiento es inverso. A mi juicio, en el caso de Pizarnik no son los poemas —donde prevalecen la sugerencia, la brevedad y la perfección de la forma— los que cumplen esa función sino los textos bastardos, donde el discurso estalla en un aquelarre obsceno y una fiebre paródica sin precedentes».

Hablemos entonces de placer palimpséstico, o mejor, de fiebre palimpséstica, o todavía más divertido: de aventura palimpséstica. ¿Y qué demonios es eso?, se preguntarán... Define la Real Academia Española el palimpsesto como un manuscrito antiguo que conserva huellas de una escritura anterior borrada artificialmente. En realidad, hablar de aventura palimpséstica es referirse a eso que sabemos que tanto le gustaba hacer a Alejandra Pizarnik con respecto a las obras de sus clásicos predilectos: releerlos, para repensarlos, con la intención última de reescribirlos. Con una tinta corrosiva, la poeta se valió de textos de Valentine Penrose, James Joyce, Natalie Clifford Barney, Lautréamont, Sade o Samuel Beckett, entre otros, para reformular a su manera no ya las palabras *exactas* que ellos dejaron, pero sí sus modales, o sus metáforas, o su alma, o su lenguaje, o su voluntad de juego. Escribir le servía a Pizarnik para poner en orden lo que había leído. Lo que Negroni llama «fiebre paródica» a mí me hace pensar —por filias personales— en eso que también le apasionaba a Vladimir Nabokov y con lo que el ruso plagó su obra: el trazo de pistas, la conversación infinita con los muertos, la plaga de juicios ajenos con tal de formular un juicio propio, otra vez, en un eterno retorno yincanesco. Lo cual me lleva a pensar: ¿acaso reescribir y recordar a los maestros es una manera de sublevarse contra ellos? ¿Una forma de romper «el texto de cristal» que tantas veces es el canon? En la misma *Lolita*, las pistas hacia Gustave Flaubert, Edgar Allan Poe o Lev Tolstói son evidentes desde los cimientos, pero Nabokov no desperdiga esas miguitas sólo para complacer a sus lectores más curiosos y avispados, ni tampoco para hacer la pelota a sus héroes literarios, también los cita y los reescribe para ironizar con ellos. La obra de sombra de Pizarnik es paródica e irónica en esas mismas coordenadas. Reivindicando, por ejemplo, en «La Condesa Sangrienta» a la olvidada surrealista Valentine Penrose,* y muchas décadas antes de que la industria editorial iniciara su camino de recuperación de autoras ninguneadas de la historia de la literatura, ella puso en el centro la maquinaria aprendida de la lectura de esta escritora «rara», y dobló la apuesta escribiendo una pieza de crítica que puede leerse como un ensayo sobre el vampirismo, la sexualidad o el miedo al cuerpo propio —porque ése, a veces, casi da más miedo que el cuerpo ajeno—, pero también como un cuento o un acto de ebriedad de presentimientos mágicos.

A esos presentimientos que Pizarnik llama mágicos y que conforman *Una traición mística* a mí me gusta más llamarlos fogonazos del pensamiento. Todos y cada uno de los textos de esta antología tienen, como la mayoría de la poesía de la autora, un trasfondo filosófico importante. Aunque no terminara la carrera, la poeta estudió filosofía, y sus diarios dan cuenta de la cantidad de pensadores a los que leyó con devoción desde adolescente. Sus empachos de Jean-Paul Sartre y Simone de Beauvoir —a quien, por cierto, conoció y entrevistó en persona en sus años parisinos—; su peligrosa cercanía al pensamiento del mal propuesto

---

* No en vano la publicación de la obra completa de Penrose en España lleva el título de *La surrealista oculta*. Al leer aquí el resto de su obra, de sus poemas y de sus obsesiones, es fácil entender por qué Alejandra Pizarnik sintió tanta conexión con la autora. Sobre el proceso de escribir a propósito de la obra de Penrose, por cierto, Pizarnik anotó lo siguiente en sus diarios: «La pura bestialidad. Se puede ser una bella condesa y a la vez una loba insaciable».

por Georges Bataille, de quien ella dijo que era «el único escritor que me da la seguridad de pensar»; su incomprensión obsesiva de Simone Weil, «me da miedo»; o su fascinación *teen* por Martin Heidegger.* La influencia de todos estos filósofos deja su marca en las diversas teorizaciones sobre la muerte y sobre el lenguaje que Pizarnik desarrolló a lo largo de los años. En las prosas aquí recogidas, la reflexión alrededor de la desaparición está siempre presente, aunque aderezada con cierto humor absurdo, que libra a la poeta de la oscuridad latente en el resto de su poesía. La escritura de Pizarnik significa supervivencia a través del lenguaje, y esa conclusión es el resultado del fogonazo de su pensamiento, que invade su cuerpo, sus gestos y hasta su fe, casi como si se tratara de una enfermedad que erradicar: «Lo que hago, lo que digo, lo que escribo: todo me resulta irreal, todo podría ser su contrario pero aun así seguiría siendo irreal. Identificación con algo de afuera. Me acapara un pensamiento y me olvido. Entro en él y me olvido de lo demás. Esto me da mucho miedo y me hace pensar, en todo momento, en la locura. Creo que se trata de *ausencias*». Pensar, para Alejandra Pizarnik, fue una costosa aspiración,** un ejercicio doloroso, un reto que la llevó a aprender ansiosamente todas las palabras que cupieran en su diccionario vital, a leer todos los libros acumulables en su mente, a releer y a reescribir todas las ideas que le permitieran contactar con los hilos sueltos del canon, con tal de encontrar un lenguaje que le abriera la puerta a descifrar el absurdo de la vida, romper ese

---

* Graciosa esta entrada del 19 de julio de 1955 en su diario: «Planes para cuarenta días: 1) Comenzar la novela. 2) Terminar los libros de Proust. 3) Leer a Heidegger. 4) No beber. 5) Nada de actos violentos. 6) Estudiar gramática y francés. Tremendos anhelos».

** Otro momento del diario que refleja ese reto que era verse a sí misma como filósofa: «¡Levántate! No puedo... quiero leer, entender, asentir sonriendo y decir: Esto es lo que yo pienso».

texto de cristal y, agarrada a sus afilados pedazos, filosofar desde la sombra. «Yo intento evocar la lluvia o el llanto», escribe en «En contra». «La muerte cerró los ojos, y tuvieron que reconocer que dormida quedaba hermosa», escribe en «A tiempo y no». «Entonces decreté no escribir un solo poema más con flores», escribe en su homenaje a la poesía sáfica y floral de Natalie Clifford Barney y Renée Vivien, bajo el título de «Violario». «No cierra una herida una campana», escribe en «Escrito en España», el testimonio de su viaje en coche por la península ibérica. «Versos anarquistas a tu flor mística», escribe en mayúsculas, en una hoja suelta presentada como «[Textos]». «He vivido entre sombras. Salgo del brazo de las sombras. Me voy porque las sombras me esperan. Seg, no quiero hablar: quiero vivir», escribe en boca del personaje de Carol, al final de la obra «Los perturbados entre lilas». Flores, deseo, soledad, muerte, música, bibliografía, perversión... y cómo la literatura se convierte en parapeto para cualquier mente hastiada de vivir. Porque si para Albert Camus[*] no había más que un problema filosófico serio, y ése era el suicidio, puede que para Alejandra Pizarnik filosofar significase simplemente poetizar el miedo.

---

[*] «Crear es vivir dos veces», decía igualmente Albert Camus. Quizá por eso quienes crean se quitan la vida tan pronto, porque la experiencia en ellos se multiplica, la ficción se extiende, la metáfora es su motor. Como si los poetas suicidas midieran el tiempo en años de gato. Alejandra Pizarnik se suicidó, ya saben ustedes, a los treinta y seis años, siendo consecuente con su fobia íntima a cumplir los cuarenta, pero sobre todo siendo consecuente con su filosofía mortal y con su pasión por lo maldito. «Escribir es darle sentido al sufrimiento». ¿Escribió eso Pizarnik, o tal vez fue Camus? Fue ella, sí, y merece la pena reivindicar dicha autoridad, porque del mismo modo en que su gesto poético ya ha empezado a situar su obra lírica en los ensayos y estudios sobre el surrealismo —siendo considerada su obra como la de una «surrealista tardía» y, en palabras de Aira, «la última surrealista»— tal vez deberíamos identificar sus prosas como otro ejercicio tardío de existencialismo. El pensamiento de Alejandra Pizarnik da sentido y cuerpo a eso que Camus aseguraba sobre «el único problema filosófico serio».

Pero que el árbol de la muerte no nos impida ver el bosque del placer, pues ya les dije que el último rasgo característico de los textos de *Una traición mística* se encuentra en su hilarante pornografía. El sexo, en la obra de la poeta, es un latido interminable e incensurable —«mi único amor», dijo una vez, «es el sexo»*— y se aparece con múltiples rostros, que van desde la muerte hasta la risa, y viceversa. Igual que existe en Pizarnik una pulsión por «hacer el amor con el silencio», a veces también nos suelta, especialmente en los textos de «La bucanera de Pernambuco o Hilda la polígrafa», una serie de chistes verdes dignos de la palabrería del *Ulises*, y que para María Negroni encuentran su hermanamiento con la también poeta argentina Susana Thénon, que en *Ova completa* plaga su poesía de un humor feminista igualmente alocado. Negroni cree que estas dos poetas practican «el idiolecto más vulgar y el gesto más histriónico» como método para borrar su voz autoral más reconocible. De ahí que el sexo pizarnikiano transite entre la hondura y la tartamudez** con

---

* El sexo es una búsqueda incesante, y su deseo siempre está trenzado con sus lecturas. En un momento de sus diarios, cuando siente deseos de follar y de masturbarse, y cuando éstos vienen acompañados de una pasión autoinfantilizadora, no puede evitar acordarse de *Lolita*. Las prosas de *Una traición mística* están llenas de referencias y tiranteces sobre el deseo turbulento. Sobre las aristas del consentimiento y sobre el miedo a desear lo que está mal, lo que es reprobable y enfermizo. Esta entrada de su diario, durante sus años parisinos, me parece definitiva: «La poesía. La poesía. Mi único amor es el sexo. Mi único deseo ser puta. O no serlo. Pero legiones de hombres. Y si quieren, vengan las mujeres y los niños. Particularmente niños y niñas de doce años. Alejandra Nabokov. (Pero es que *yo* tengo doce años...). Lo del sexo es otra mentira. Un instante de onanismo, nada más. La gente debería masturbarse. Amarse platónicamente y masturbarse. Así sería el reino de la poesía. Fornicar sería como rascarse. Hasta podría ser público. *La chair est triste*. Y en verdad, mucho mejor si no hubiera sexo. Sin deseos, sin anhelos, un flotar, un deslizarse, sin sed, sin hambre. El vientre materno».

** Es que la autora, además, era tartamuda, algo que influyó muchísimo en su personalidad y que forjó algunos de sus traumas de infancia, como bien explica Ana Müshell en el estudio que elabora sobre la relación entre la literatura, la presión estética y la ansiedad en *Maldita Alejandra*.

tanta agilidad en estas prosas. Pienso, por ejemplo, en el «Heraclítoris», en la «ramera paramera», en «De súcubo tu culo o tu cubo», en «Chúpame la cajita de música», conceptos alocados que la autora va inventando y que son como un chiste privado que hace ilegible su trazo. Es como si Pizarnik nos exigiera vencer su ilegibilidad con tal de ser aptos para su mundo sexual. Es como si necesitara preguntarnos una clave secreta para que, sólo si la acertamos, tengamos el permiso para penetrar su intimidad. Y esta intimidad siempre será polémica, demencial y abusiva, porque la literatura de Pizarnik, más allá de un palimpsesto, más allá de un presentimiento mágico y más allá de una traición a todos los géneros literarios que se signara a tocar, a deformar y a repensar, siempre fue y siempre será aquello que ocurría entre coito y coito, entre placer y placer, entre felicidad y felicidad, esto es, en esa terrible sombra que son las horas que pasas hasta la llegada de otro leve momento de excitación.

¿Escribir para no suicidarse?

¿Escribir para hacer el amor?

¿Escribir para hablar con los muertos?

¿Escribir para que te recuerden?

No. No me tomen por loca. Alejandra Pizarnik ya les dijo hace mucho tiempo cuál era el estado del alma que ustedes precisarían para leerla: «Hacer el amor deseando terminar cuanto antes para escribir un poema. Escribir un poema y no finalizarlo a causa del deseo de hacer el amor», y así hasta la ascensión de la eterna relectura.

Nota a esta edición

Todos los textos de *Una traición mística* provienen de la edición de *Prosa completa* compilada por Anna Becciu en 2001 y publicada por Lumen en 2002. En las páginas que siguen se han omitido las notas a la edición de Becciu, pero se han mantenido aquellas que son obra de la propia Alejandra Pizarnik. En esas notas de Becciu encontrábamos información relativa a la ortografía —sí, un ojo atento detectará no pocas erratas que responden a la voluntad de respetar la ortografía original de los textos manuscritos o mecanografiados por Alejandra Pizarnik, quien hacía del error o el capricho ortográfico parte del juego—, así como ciertas señas sobre la procedencia de los textos que detallaremos a continuación. Por orden de aparición:

«Juego tabú» no tiene fecha; proviene de tres hojas escritas a máquina y corregidas a mano cuyo título original era «Texto acerca de un fragmento de *Juego de niños*, de Pieter Brueghel, el Viejo». Becciu señala que el título estaba tachado, y que encima Alejandra Pizarnik escribió «Juego tabú».
«Ejercicios sobre temas de infancia y de muerte» proviene de dos hojas mecanografiadas e igualmente corregidas a mano. Apareció publicado en *La Gaceta de Tucumán* en 1972, apenas unos meses antes de la muerte de la autora.

«Niña entre azucenas» no tiene fecha de escritura.

«Una traición mística» tiene fecha de creación de 1966, pero no fue publicado hasta cuatro años más tarde en *La Gaceta de Tucumán*.

«En contra» está fechado en 1961.

«Las uniones posibles» no tiene fecha de escritura, pero fue publicado en la revista *Sur* en 1963.

«La Condesa Sangrienta» no tiene fecha de escritura, pero el ensayo fue publicado por primera vez en la revista *Testigo*, en 1966. Luego, en 1971, lo editó como libro independiente la editorial Aquarius de Buenos Aires.

«Palabras» está fechado en 1964.

«Aprendizaje» no tiene fecha de escritura, pero Ana Becciu cree que puede estar datado en 1970. Es una hoja mecanografiada con correcciones a mano.

«Esbozo» tampoco tiene fecha, pero Becciu cree igualmente que es de 1970.

«Casa de citas», escrito en 1971, se encontró en unas hojas recortadas y corregidas a mano por Alejandra Pizarnik. Una versión de este mismo texto se publicó en *Textos de sombra y últimos poemas*, una edición de sus textos inéditos organizada por Olga Orozco y la propia Becciu para la editorial Sudamericana de Buenos Aires en 1982.

«Tragedia» fue escrito en 1966 y publicado en 1971 por *Revista de Occidente* junto a los textos «Violario», «Niña en jardín» y «La verdad del bosque».

«A tiempo y no» se publicó en la revista *Sur* en el número de septiembre-octubre de 1968, mismo año de su escritura. De acuerdo con una nota hallada por Becciu entre los archivos de Alejandra Pizarnik, este texto pretendía ser una de las cuatro partes de una narración más extensa en homenaje a *Alicia en el País de las Maravillas*, uno de los libros preferidos de la autora como puede intuirse en múltiples entradas de sus *Diarios*, publicados por Lumen.

«La verdad del bosque» fue escrito en 1966 y publicado en 1971 por *Revista de Occidente* junto a los textos «Violario», «Niña en jardín» y «Tragedia».

«Niña en jardín» fue escrito en 1966 y publicado en 1971 por *Revista de Occidente* junto a los textos «Violario», «La verdad del bosque» y «Tragedia».

«Violario» fue escrito en 1965 y publicado en 1971 por *Revista de Occidente* junto a los textos «Niña en jardín», «La verdad del bosque» y «Tragedia». Los cuatro textos, por cierto, llevaban el título de *Momentos* y más tarde se recogieron en *El deseo de la palabra* (Ocnos, Barcelona, 1975), una antología de sus textos en prosa y poéticos con prólogo de Octavio Paz; así como en la ya mencionada edición de *Textos de sombra y últimos poemas*.

«La bucanera de Pernambuco o Hilda la polígrafa» fue escrito en el verano de 1969. Se encontró en una carpeta con dos versiones: una más desordenada, corregida a mano, y otra mecanografiada, algo más limpia, y con menor presencia de correcciones. Se priorizó la publicación de la segunda versión, que en 1982 fue incluida, aunque con una ordenación ligeramente distinta a la presente, en *Textos de sombra y últimos poemas*.

«Escrito en España» está fechado en 1963. Se trata de un conjunto de hojas, algunas manuscritas y otras mecanografiadas, con una portadilla que lleva el título, la fecha y el nombre de la autora. Pueden encontrarse otras referencias a la presencia de Alejandra Pizarnik en la España franquista en sus diarios.

«Descripción» está fechado en 1964.

«Tangible ausencia» no tiene fecha de escritura, pero fue publicado en *La Gaceta de Tucumán* en 1970.

«Toda azul» tampoco tiene fecha de escritura.

«Diálogos» está fechado en 1965.

«El hombre del antifaz azul» no tiene fecha de escritura. Se trata de un manuscrito de seis hojas mecanografiadas antologado por primera vez en *El deseo de la palabra*.

«Devoción» está fechado en 1965.

«[Textos]» no tiene fecha señalada. Se trata de un conjunto algo confuso de ocho folios a los que Becciu atribuyó el orden del hallazgo original.

«Los perturbados entre lilas» fue escrita, al igual que la otra gran obra prosística de Alejandra Pizarnik, durante el verano de 1969. Vio la luz por primera vez en *El deseo de la palabra*, y llevaba un último capítulo titulado «Los poseídos entre lilas», como su poema de *El infierno musical* que puede leerse en su *Poesía completa*, editada por Lumen.

«Intento de prólogo al estilo de ellos, no del mío» no tiene marcada ni la fecha ni el lugar de la publicación. Está incluido en la última sección de *Prosa completa*, junto a algunas entrevistas realizadas a la autora o prólogos que ella escribió para otros. Puede leerse como una poética personal, o tal vez, simplemente, como una traición mística.

Luna Miguel

Una traición mística

Juego tabú

Ante todo una mancha roja, de un rojo débil pero no sombrío y ni siquiera opaco. La mancha configura un sombrero colorado que se inserta en el color arena húmeda del suelo compuesto por tres tablas de madera.

El conjunto —sombrero rojo y madera ocre— relumbra igual que en algunas iglesias umbrosas el manto de la Virgen. Fulgor mediocre que resplandece por obra de la oscuridad vecina.

El desconocido dueño del sombrero podría ser un niño que, asomado a la ventana, está jugando con una máscara. Tampoco es improbable que alguien, otro niño, huyera del lugar a fin de no ver la escena de la ventana. En la fuga habría dejado caer su sombrero, y así, la mancha roja que está más acá de la ventana sería el sombrero de un ausente temeroso del recinto cuyo emblema es la conjunción de Eros y la muerte.

Las tablas de madera y la mancha roja relumbran en un primer plano desierto con señales de ausencia. Se trata, evidentemente, de un anuncio del otro y verdadero primer plano, o sea el interior visible por la ventana, en donde brilla una luz apenas suficiente para iluminar una escena signada por el ocultamiento más ambiguo. El corazón del espacio es, aquí, la ventana de una choza en ruinas.

La escena reúne cuatro personajes infantiles en un recinto diminuto delimitado por un marco oscuro. La pareja del fondo se entrega a juegos eróticos. El niño, tan borroso que aparece despojado de rasgos, apoya su hermosa mano cerca del pubis de su compañera, la que se encuemedio de un salto eróticamente ambiguo. También ella, pero más aún que el niño, carece de figura. Una toca blanca, semejante a la de una religiosa, le oculta la cara y los cabellos. Esa niña poco visible aunque nada misteriosa evoca cierta imagen de la muerte con velo blanco que llaman *la velada*.

Otro niño y otra niña hay delante de esa alegre pareja. El niño parece querer adherir a su cara una máscara que representa un rostro viril, adulto y muerto. La mano del niño, ocupada en fijar la máscara a su rostro, es innoble, y, en armonía con la máscara, algo muerta. El niño forcejea con la máscara con el visible fin de apropiarse del aspecto de un muerto o, lo que es igual, de la muerte. A la vez, su mano casi muerta atenúa la impresión de forcejeo violento. No, el niño no se estremece paroxísticamente para enmascararse de muerto; sólo quiere mantener la máscara fijada a su rostro. Pero también, y sobre todo, parece que su afán consiste en ver qué se ve a través de ella, como si los ojos ausentes de la máscara fueran de otro mundo. Y lo son, en efecto. Y más aún: las vacías órbitas negras son el primer rasgo de muerte que muestra esa trivial y aterrante máscara.

Al lado del pequeño enmascarado hay una niña entregada a una contemplación indefinible: mira el afuera como lo miraría un animal. Su carita es muy fea, se parece a la de una joven muerta. Dueña de una serenidad bestial, se muestra del todo indiferente a su vecinito.

Los cuatro niños emergen de una oscuridad densa, consistente, al extremo de creer posible cortar con un cuchillo tanta sombra.

La oscuridad no es negra. Color de sombra de una pared vieja y, a la vez, color inofensivo que acepta la invasión de colores de los cuatro minúsculos seres. El azul, el lila, el verde, el encarnado y el blanco dominan una oscuridad que reina para revelar los colores de los pequeños visitantes de la ruina.

La luz es originaria del lugar exterior que no cesa de mirar la niña de cara de animal luciente. La máscara de muerto brilla como un sol. Y no lejos, hay la extraña luz de la mancha roja que sería el sombrero de un presunto fugitivo.

Más que la luz, perturba la fusión de movimiento (los niños lascivos) y de quietud (el gesto paroxístico del niño de la máscara aparece como esculpido; la misma inmovilidad hay en los ojos de muñeca de su vecina). Los rasgos de la máscara son impasibles y tensos, como si integraran una escena de inmovilidad desmesurada. Los labios de la máscara son el signo distintivo de una sensualidad frenética e inútil. Cabe preguntarse para qué se manifiestan los furiosos deseos resumidos en esos labios, si lo más probable es que el niño emitirá gritos a través de ellos para asustar a sus compañeros.

Los labios de la máscara o la nariz descomunal o su color borra de vino son figuras insuficientes en comparación con los ojos, órbitas vacías, oquedades negras. Por ellos todo entra y cae en la ausencia. Por esos huecos negros, la máscara es idéntica a la del rostro de un muerto, el cual es idéntico al de una máscara. Y es ésta la máscara con la que un niño quiere cubrir, con ardor incomprensible, su cara viviente. No es que quiera ocultarse detrás de un rostro ajeno sino detrás de un rostro ocultado en sí mismo.

Tal vez el niño de la máscara ha visto a sus compañeros y no los aprobó, y decidió, por tanto, desaparecer y convertirse en el embozado, el velado, el larvado. Se disfrazó de demonio de la muerte. Sea por error, sea para adquirir poder. De cualquier forma, es una aterradora figura condenada a la soledad perpetua.

Ejercicios sobre temas de infancia y de muerte

—Mirá por la ventana y decime qué hay.
—No puedo creerlo.
—No es cuestión de creer sino de ver.
—Hay un fotógrafo de esos que sacan «mirando el pajarito». Está fotografiando a su propia cámara fotográfica.
—¿Y en la ventana de enfrente?
—Lo de siempre. La bombacha y el corpiño sobre una silla y una sombra que va y viene. Es la sombra de la dactilógrafa.
—¿Y el sol?
—No hay sol.
—¿Entonces qué?
—Nada. Todo está opaco.
—¿Y los espejos que brillaban tan dulcemente?

(Y es el frío de la noche. Lo negro).
—Mi amante es más alta que un reloj de péndulo.
—...
—Mi amante es obscena porque se toca la hora.
—Me dicen que tengo una larga y brillantísima vida por vivir. Pero yo sé que sólo tengo mis propias palabras que me vuelven.
—Tenías tantos proyectos.

—Es tarde para hacerme una máscara.

—Tantos proyectos: alabar el frío, la sombra, la disolución. Decir hermosamente que todos los caminos se abren a la negra liquefacción.

—Es que yo creía que conviene decir a menudo, por más que se sepa, lo que nos puede servir de advertencia.

—*(Riendo)*. Dijiste *advertencia*.

(Se ríen).

...

Niña entre azucenas

Obscenidad en algunos pequeños instantes del día compartido, no de la noche que es sólo mía. Algo tan modesto como una mano abrió mi ardiente memoria. Un gesto tenue al doblar los dedos cuando cerró la mano en forma de azucena. El execrado color de la azucena subió a mi cerebro con todo el peso fatal de su triste y delicado perfume. Instada por la visión de esa mano recogida en sí misma con dedos como cinco falos, hablé de la doble memoria. Evoqué las azucenas detrás de las cuales una vez me escondí, minúscula salvaje, para comer hormigas y cazar moscas de colores. El gesto de la mano dio una significación procaz a la figurita del memorial, la escondida entre azucenas. Comencé a asfixiarme entre paredes viscosas (y sólo debo escribir desde adentro de estas paredes). Tan ofensiva apareció la imagen de mi niñez que me hubiera retorcido el cuello como a un cisne, yo sola a mí sola. (Y luchas por abrir tu expresión, por libertarte de las paredes).

[Sin fecha]

Una traición mística

> He aquí al idiota que recibía cartas del extranjero.
>
> Éluard

Hablo de una traición, hablo de un místico embaucar, de la pasión de la irrealidad y de la realidad de las casas mortuorias, de los cuerpos en sudarios y de los retratos nupciales.

Nada prueba que no clavó agujas en mi imagen, hasta resulta extraño que yo no le haya enviado mi fotografía acompañada de agujas y de un manual de instrucciones. ¿Cómo empezó esta historia? Es lo que quiero indagar pero con voz solamente mía y eliminando todo designio poético. No poesía sino policía.

Como una madre que no quiere dejar irse de sí a su niño que ya está nacido, así su absorción silenciosa. Yo me arrojo en su silencio; yo, ebria de presentimientos mágicos acerca de una unión con el silencio.

Recuerdo. Una noche de gritos. Yo subía y no tenía posibilidad de arrepentirme; subía cada vez más alto sin saber si llegaría a un encuentro de fusión o si me quedaría toda la vida con la cabeza clavada en un poste. Era como tragar olas de silencio, mis labios se movían como debajo del agua, me ahogaba, era como si estuviera tragando silencio. En mí éramos yo y el silencio. Esa noche me arrojé desde la torre más alta. Y cuando estuvimos en lo alto de la ola, supe que eso era lo mío, y aun lo que he buscado en los poemas, en los cuadros, en la música, era un ser llevada a lo alto de la ola. No sé cómo me abandoné, pero era como un poema genial: no podía no ser escrito. ¿Y por qué no me quedé allí y no morí? Era el sueño de la más alta muerte, el sueño de morir haciendo el poema en un espacio ceremonial donde palabras como *amor*, *poesía* y *libertad* eran actos en cuerpo vivo.

A esto pretende su silencio.

Crea un silencio en el que yo reconozca mi lugar de reposo cuando la prueba de fuego de su afección tuvo que haber sido mantenerme lejos del silencio, tuvo que haber sido vedarme el acceso a esa zona de silencio exterminador.

Comprendo, de nada sirve comprender, a nadie nunca le ha servido comprender, y sé que ahora necesito remontarme a la raíz de esa fascinación silenciosa, de esta oquedad que se abre para que yo entre, yo el holocausto, yo la víctima propiciatoria. Su persona es menos que un fantasma, que un nombre, que vacío. Alguien me bebe desde la otra orilla, alguien me succiona, me abandona exangüe. Estoy muriendo porque alguien ha creado un silencio para mí.

Fue un trabajo magistral, una infiltración retórica, una lenta invasión (tribu de palabras puras, hordas de discursos alados). Voy a intentar desenlazarme, pero no en silencio, pues el silencio es el lugar peligroso. Tengo que escribir mucho, que plasmar expresiones para que poco a poco se calle su silencio y entonces se borre su persona que no quiero amar, ni siquiera se trata de amor sino de fascinación imponderable y en consecuencia indecible (acercarme a la dura, a la blanda niebla de su persona lejana, pero hunde el cuchillo, desgarra, y un espacio circular hecho del silencio de tu poema, el poema que escribirás después, en el lugar de la masacre). No es más que un silencio, pero esta necesidad de enemigos reales y de amores mentales, ¿cómo la comprendió desde mis cartas? Un juego magistral.

Ahora mis pasos de loba ansiosa en derredor del círculo de luz donde deslizan la correspondencia. Sus cartas crean un segundo silencio más denso aún que el de sus ojos desde la ventana de su casa frente al puerto. El segundo silencio de sus cartas da lugar al tercer silencio hecho de falta de cartas. También hay el silencio que oscila entre el segundo y el tercero: cartas cifradas en las que dice para no decir. Toda la gama de los silencios en tanto de ese lado beben la sangre que siento perder de este lado.

No obstante, si no existiera esta correspondencia vampírica, me moriría de falta de una correspondencia así. Alguien que amé en otra vida, en ninguna vida, en todas las vidas. Alguien a quien amar desde mi lugar de reminiscencias, a quien ofrendarme, a quien sacrificarme como si con ello cumpliera una justa devolución o restableciera el equilibrio cósmico.

Su silencio es un útero, es la muerte. Una noche soñé una carta cubierta de sangre y heces; era en un páramo y la carta gemía como un gato. No. Voy a romper el hechizo. Voy a escribir como llora un niño, es decir: no llora porque esté triste sino que llora para informar, tranquilamente.

1966

En contra

Yo intento evocar la lluvia o el llanto. Obstáculo de las cosas que no quieren irse camino de la desesperación ingenua. Esta noche quiero ser de agua, que tú seas de agua, que las cosas se deslicen a la manera del humo, imitándolo, dando señales últimas, grises, frías. Palabras en mi garganta. Sellos intragables. Las palabras no son bebidas por el viento, es una mentira aquello de que las palabras son polvo, ojalá lo fuesen, así yo no haría ahora plegarias de loca inminente que sueña con súbitas desapariciones, migraciones, invisibilidades. El sabor de las palabras, ese sabor a semen viejo, a vientre viejo, a hueso que despista, a animal mojado por un agua negra (el amor me obliga a las muecas más atroces ante el espejo). Yo no sufro, yo no digo sino mi asco por el lenguaje de la ternura, esos hilos morados, esa sangre aguada. Las cosas no ocultan nada, las cosas son cosas, y si alguien se acerca ahora, y me dice *al pan pan y al vino vino* me pondré a aullar y a darme de cabeza contra cada pared infame y sorda de este mundo. Mundo tangible, máquinas emputecidas, mundo usufructuable. Y los perros ofendiéndome con sus pelos ofrecidos, lamiendo lentamente y dejando su saliva en los árboles que me enloquecen.

1961

Las uniones posibles

La desparramada rosa imprime gritos en la nieve. Caída de la noche, caída del río, caída del día. Es la noche, amor mío, la noche caliginosa y extraviada, hirviendo sus azafranadas costumbres en la inmunda cueva del sacrosanto presente. Maravillosa ira del despertar en la abstracción mágica de un lenguaje inaceptable. Ira del verano. Ira del invierno. Mundo a pan y agua. Sólo la lluvia se nos dirige con su ofrenda inimaginable. La lluvia al fin habla y dice.

Meticulosa iniciación del hábito. Crispados cristales en jardines arañados por la lluvia. La posesión del pretendido pasado, del pueblo incandescente que llamea en la noche invisible. El sexo y sus virtudes de obsidiana, su agua flamante haciéndose en contra de los relojes. Amor mío, la singular quietud de tus ojos extraviados, la benevolencia de los grandes caminos que acogen muertos y zarzamoras y tantas sustancias vagabundas o adormiladas como mi deseo de incendiar esta rosa petrificada que inflige aromas de infancia a una criatura hostil a su memoria más vieja. Maldiciones eyaculadas a pleno verano, cara al cielo, como una perra, para repudiar el influjo sórdido de las voces vidriosas que se estrellan en mi oído como una ola en una caracola.

Véate mi cuerpo, húndase su luz adolescente en tu acogida nocturna, bajo olas de temblor temprano, bajo alas de temor tardío. Véate mi sexo, y que haya sonidos de criaturas edénicas que suplan el pan y el agua que no nos dan.

¿Se cierra una gruta? ¿Llega para ella una extraña noche de fulgores que decide guardar celosamente? ¿Se cierra un paisaje? ¿Qué gesto palpita en la decisión de una clausura? ¿Quién inventó la tumba como símbolo y realidad de lo que es obvio?

Rostros vacíos en las avenidas, árboles sin hojas, papeles en las zanjas: escritura de la ciudad. ¿Y qué haré si todo esto lo sé de memoria sin haberlo comprendido nunca? Repiten las palabras de siempre, erigen las mismas palabras, las evaporan, las desangran. No quiero saber. No quiero saberme saber. Entonces cerrar la memoria: sus jardines mentales, su canto de veladora al alba. Mi cuerpo y el tuyo terminando, recomenzando, ¿qué cosa recomenzando? Trepidación de imágenes, frenesí de sustancias viscosas, noches caníbales alrededor de mi cadáver, permisión de no verme por unas horas, alto velar para que nada ni nadie se acerque. Amor mío, dentro de las manos y de los ojos y del sexo bulle la más fiera nostalgia de ángeles, dentro de los gemidos y de los gritos hay un querer lo otro que no es otro, que no es nada...

La Condesa Sangrienta

> El criminal no hace la belleza; él mismo es la auténtica belleza.
>
> J. P. Sartre

Valentine Penrose ha recopilado documentos y relaciones acerca de un personaje real e insólito: la condesa Báthory, asesina de 650 muchachas.*

Excelente poeta (su primer libro lleva un fervoroso prefacio de Paul Éluard), no ha separado su don poético de su minuciosa erudición. Sin alterar los datos reales penosamente obtenidos, los ha refundido en una suerte de vasto y hermoso poema en prosa.

La perversión sexual y la demencia de la condesa Báthory son tan evidentes que Valentine Penrose se desentiende de ellas para concentrarse exclusivamente en la belleza convulsiva del personaje.

No es fácil mostrar esta suerte de belleza. Valentine Penrose, sin embargo, lo ha logrado, pues juega admirablemente con los valores estéticos de esta tenebrosa historia. Inscribe el *reino subterráneo* de Erzébet Báthory en la sala de torturas de su castillo medieval: allí, la siniestra hermosura de las criaturas nocturnas se

---

* V. Penrose, «Erzébet Báthory, la comtesse sanglante», *Mercure de France*, París, 1963.

resume en una silenciosa de palidez legendaria, de ojos dementes, de cabellos del color suntuoso de los cuervos.

Un conocido filósofo incluye los gritos en la categoría del silencio. Gritos, jadeos, imprecaciones, forman una «sustancia silenciosa». La de este subsuelo es maléfica. Sentada en su trono, la condesa mira torturar y oye gritar. Sus viejas y horribles sirvientas son figuras silenciosas que traen fuego, cuchillos, agujas, atizadores; que torturan muchachas, que luego las entierran. Como el atizador o los cuchillos, esas viejas son instrumentos de una posesión. Esta sombría ceremonia tiene una sola espectadora silenciosa.

LA VIRGEN DE HIERRO

> *... parmi les rires rouges des lèvres luisantes et les gestes monstrueux des femmes mécaniques.*
>
> R. Daumal

Había en Nuremberg un famoso autómata llamado «la Virgen de hierro». La condesa Báthory adquirió una réplica para la sala de torturas de su castillo de Csejthe. Esta dama metálica era del tamaño y del color de la criatura humana. Desnuda, maquillada, enjoyada, con rubios cabellos que llegaban al suelo, un mecanismo permitía que sus labios se abrieran en una sonrisa, que los ojos se movieran.

La condesa, sentada en su trono, contempla.

Para que la «Virgen» entre en acción es preciso tocar algunas piedras preciosas de su collar. Responde inmediatamente con horribles sonidos mecánicos y muy lentamente alza los blancos brazos para que se cierren en perfecto abrazo sobre lo que esté cerca de ella —en este caso una muchacha—. La autómata la abraza y ya nadie podrá desanudar el cuerpo vivo del cuerpo de hierro, ambos iguales en belleza. De pronto, los senos maquillados de la dama de hierro se abren y aparecen cinco puñales que atraviesan a su viviente compañera de largos cabellos sueltos como los suyos.

Ya consumado el sacrificio, se toca otra piedra del collar: los brazos caen, la sonrisa se cierra así como los ojos, y la asesina vuelve a ser la «Virgen» inmóvil en su féretro.

MUERTE POR AGUA

> Está parado. Y está parado de modo tan absoluto y definitivo como si estuviese sentado.
>
> W. Gombrowicz

El camino está nevado, y la sombría dama arrebujada en sus pieles dentro de la carroza se hastía. De repente formula el nombre de alguna muchacha de su séquito. Traen a la nombrada: la condesa la muerde frenética y le clava agujas. Poco después el cortejo abandona en la nieve a una joven herida y continúa viaje. Pero como vuelve a detenerse, la niña herida huye, es perseguida, apresada y reintroducida en la carroza, que prosigue andando aun cuando vuelve a detenerse pues la condesa acaba de pedir agua helada. Ahora la muchacha está desnuda y parada en la nieve. Es de noche. La rodea un círculo de antorchas sostenidas por lacayos impasibles. Vierten el agua sobre su cuerpo y el agua se vuelve hielo. (La condesa contempla desde el interior de la carroza). Hay un leve gesto final de la muchacha por acercarse más a las antorchas, de donde emana el único calor. Le arrojan más agua y ya se queda, para siempre de pie, erguida, muerta.

LA JAULA MORTAL

> *... des blessures écarlates et noires éclatent dans les chairs superbes.*
>
> Rimbaud

Tapizada con cuchillos y adornada con filosas puntas de acero, su tamaño admite un cuerpo humano; se la iza mediante una polea. La ceremonia de la jaula se despliega así:

La sirvienta Dorkó arrastra por los cabellos a una joven desnuda; la encierra en la jaula; alza la jaula. Aparece la «dama de estas ruinas», la sonámbula vestida de blanco. Lenta y silenciosa se sienta en un escabel situado debajo de la jaula.

Rojo atizador en mano, Dorkó azuza a la prisionera quien, al retroceder —y he aquí la gracia de la jaula—, se clava por sí misma los filosos aceros mientras su sangre mana sobre la mujer pálida que la recibe impasible con los ojos puestos en ningún lado. Cuando se repone de su trance se aleja lentamente. Ha habido dos metamorfosis: su vestido blanco ahora es rojo y donde hubo una muchacha hay un cadáver.

TORTURAS CLÁSICAS

Fruits purs de tout outrage et vierges de gerçures,
Dont la chair lisse et ferme appelait les morsures!

BAUDELAIRE

Salvo algunas interferencias barrocas —tales como «la Virgen de hierro», la muerte por agua o la jaula— la condesa adhería a un estilo de torturar monótonamente clásico que se podría resumir así:

Se escogían varias muchachas altas, bellas y resistentes —su edad oscilaba entre los 12 y los 18 años— y se las arrastraba a la sala de torturas en donde esperaba, vestida de blanco en su trono, la condesa. Una vez maniatadas, las sirvientas las flagelaban hasta que la piel del cuerpo se desgarraba y las muchachas se transformaban en *llagas tumefactas*; les aplicaban los atizadores enrojecidos al fuego; les cortaban los dedos con tijeras o cizallas; les punzaban las llagas; les practicaban incisiones con navajas (si la condesa se fatigaba de oír gritos les cosían la boca; si alguna joven se desvanecía demasiado pronto se la auxiliaba haciendo arder entre sus piernas papel embebido en aceite). La sangre manaba como un géiser y el vestido blanco de la dama nocturna se volvía rojo. Y tanto, que debía ir a su aposento y cambiarlo por otro (¿en qué pensaría durante esa breve interrupción?). También los muros y el techo se teñían de rojo.

No siempre la dama permanecía ociosa en tanto los demás se afanaban y trabajaban en torno de ella. A veces colaboraba, y entonces, con gran ímpetu, arrancaba la carne —en los lugares más sensibles— mediante pequeñas pinzas de plata, hundía agujas, cortaba la piel de entre los dedos, aplicaba a las plantas de los pies cucharas y planchas enrojecidas al fuego, fustigaba (en el curso de un viaje ordenó que mantuvieran de pie a una muchacha que acababa de morir y continuó fustigándola aunque estaba muerta); también hizo morir a varias con agua helada (un invento de su hechicera Darvulia consistía en sumergir a una muchacha en agua fría y dejarla en remojo toda la noche). En fin, cuando se enfermaba las hacía traer a su lecho y las mordía.

Durante sus crisis eróticas, escapaban de sus labios palabras procaces destinadas a las supliciadas. Imprecaciones soeces y gritos de loba eran sus formas expresivas mientras recorría, enardecida, el tenebroso recinto. Pero nada era más espantoso que su risa. (Resumo: el castillo medieval; la sala de torturas; las tiernas muchachas; las viejas y horrendas sirvientas; la hermosa alucinada riendo desde su maldito éxtasis provocado por el sufrimiento ajeno).

... sus últimas palabras, antes de deslizarse en el desfallecimiento concluyente, eran: «¡Más, todavía más, más fuerte!».

No siempre el día era inocente, la noche culpable. Sucedía que jóvenes costureras aportaban, durante las horas diurnas, vestidos para la condesa, y esto era ocasión de numerosas escenas de crueldad. Infaliblemente, Dorkó hallaba defectos en la confección de las prendas y seleccionaba dos o tres culpables (en ese momento los ojos lóbregos de la condesa se ponían a relucir). Los castigos a las costureritas —y a las jóvenes sirvientas en general— admitían variantes. Si la condesa estaba en uno de sus excepcionales días de bondad, Dorkó se limitaba a desnudar a las culpables que continuaban trabajando desnudas, bajo la mirada de la condesa, en los aposentos llenos de gatos negros. Las muchachas sobrellevaban con penoso asombro esta condena indolora pues nunca hubieran creído en su posibilidad real. Oscuramente, debían de sentirse terriblemente humilladas pues su desnudez las ingresaba en una suerte de tiempo animal realzado por la presencia «humana» de la condesa perfectamente vestida que las contemplaba. Esta escena me llevó a pensar en la Muerte —la de las viejas alegorías; la protagonista de la Danza de la Muerte—. Desnudar es propio de la Muerte. También lo es la incesante contemplación de las criaturas por ella desposeídas. Pero hay más: el desfallecimiento sexual nos obliga a gestos y expresiones del morir (jadeos y estertores como de agonía; lamentos y quejidos arrancados por el paroxismo). Si el acto sexual implica una suerte de muerte, Erzébet Báthory necesitaba de la muerte visible, elemental, grosera, para poder, a su vez, morir de esa muerte figurada que viene a ser el orgasmo. Pero ¿quién es la Muerte? Es la Dama que asola y agosta como y donde quiere. Sí, y además es una definición posible de la condesa Báthory. Nunca nadie no quiso de tal modo envejecer, esto es: morir. Por eso, tal vez, representaba y encarnaba a la Muerte. Porque, ¿cómo ha de morir la Muerte?

Volvemos a las costureritas y a las sirvientas. Si Erzébet amanecía irascible, no se conformaba con cuadros vivos sino que:

A la que había robado una moneda le pagaba con la misma moneda... enrojecida al fuego, que la niña debía apretar dentro de su mano.

A la que había conversado mucho en horas de trabajo, la misma condesa le cosía la boca o, contrariamente, le abría la boca y tiraba hasta que los labios se desgarraban.

También empleaba el atizador, con el que quemaba, al azar, mejillas, senos, lenguas...

Cuando los castigos eran ejecutados en el aposento de Erzébet, se hacía necesario, por la noche, esparcir grandes cantidades de ceniza en derredor del lecho para que la noble dama atravesara sin dificultad las vastas charcas de sangre.

LA FUERZA DE UN NOMBRE

> *Et la folie et la froideur erraient sans but dans la maison.*
>
> Milosz

El nombre Báthory —en cuya fuerza Erzébet creía como en la de un extraordinario talismán— fue ilustre desde los comienzos de Hungría. No es casual que el escudo familiar ostentara los dientes del lobo, pues los Báthory eran crueles, temerarios y lujuriosos. Los numerosos casamientos entre parientes cercanos colaboraron, tal vez, en la aparición de enfermedades e inclinaciones hereditarias: epilepsia, gota, lujuria. Es probable que Erzébet fuera epiléptica ya que le sobrevenían crisis de posesión tan imprevistas como sus terribles dolores de ojos y sus jaquecas (que conjuraba posándose una paloma herida pero viva sobre la frente).

Los parientes de la condesa no desmerecían la fama de su linaje. Su tío Istvan, por ejemplo, estaba tan loco que confundía el verano con el invierno, haciéndose arrastrar en trineo por las ardientes arenas que para él eran caminos nevados; o su primo Gábor, cuya pasión incestuosa fue correspondida por su hermana. Pero la más simpática es la célebre tía Klara. Tuvo cuatro maridos (los dos primeros fueron asesinados por ella) y murió de su propia muerte folletinesca: un bajá la capturó en compañía de su amante de turno: el infortunado fue luego asado en una parrilla. En cuanto a ella, fue violada —si se puede emplear este verbo a su respecto— por toda la guarnición turca. Pero no murió por ello, al contrario, sino porque sus secuestradores —tal vez exhaustos de violarla— la apuñalaron. Solía recoger a sus amantes por los caminos de Hungría y no le disgustaba arrojarse sobre algún lecho en donde, precisamente, acababa de derribar a una de sus doncellas.

Cuando la condesa llegó a la cuarentena, los Báthory se habían ido apagando y consumiendo por obra de la locura y de las numerosas muertes sucesivas. Se volvieron casi sensatos, perdiendo por ello el interés que suscitaban en Erzébet. Cabe advertir que, al volverse la suerte contra ella, los Báthory, si bien no la ayudaron, tampoco le reprocharon nada.

UN MARIDO GUERRERO

> Cuando el hombre guerrero me encerraba en sus brazos era un placer para mí...
>
> Elegía anglosajona (s. VIII)

En 1575, a los 15 años de edad, Erzébet se casó con Ferencz Nadasdy, guerrero de extraordinario valor. Este *coeur simple* nunca se enteró de que la dama que despertaba en él un cierto amor mezclado de temor era un monstruo. Se le allegaba durante las treguas bélicas impregnado del olor de los caballos y de la sangre derramada —aún no habían arraigado las normas de higiene—, lo cual emocionaría activamente a la delicada Erzébet, siempre vestida con ricas telas y perfumada con lujosas esencias.

Un día en que paseaban por los jardines del castillo, Nadasdy vio a una niña desnuda amarrada a un árbol; untada con miel, moscas y hormigas la recorrían y ella sollozaba. La condesa le explicó que la niña estaba expiando el robo de un fruto. Nadasdy rió candorosamente, como si se le hubiera contado una broma.

El guerrero no admitía ser importunado con historias que relacionaban a su mujer con mordeduras, agujas, etc. Grave error: ya de recién casada, durante esas crisis cuya fórmula era el secreto de los Báthory, Erzébet pinchaba a sus sirvientas con largas agujas; y cuando, vencida por sus terribles jaquecas, debía quedarse en cama, les mordía los hombros y masticaba los trozos de carne que había podido extraer. Mágicamente, los alaridos de las muchachas le calmaban los dolores.

Pero éstos son juegos de niños —o de niñas. Lo cierto es que en vida de su esposo no llegó al crimen.

EL ESPEJO DE LA MELANCOLÍA

> ¡Todo es espejo!
>
> Octavio Paz

... vivía delante de su gran espejo sombrío, el famoso espejo cuyo modelo había diseñado ella misma... Tan confortable era que presentaba unos salientes en donde apoyar los brazos de manera de permanecer muchas horas frente a él sin fatigarse. Pode-

mos conjeturar que habiendo creído diseñar un espejo, Erzébet trazó los planos de su morada. Y ahora comprendemos por qué sólo la música más arrebatadoramente triste de su orquesta de gitanos o las riesgosas partidas de caza o el violento perfume de las hierbas mágicas en la cabaña de la hechicera o —sobre todo— los subsuelos anegados de sangre humana, pudieron alumbrar en los ojos de su perfecta cara algo a modo de mirada viviente. Porque nadie tiene más sed de tierra, de sangre y de sexualidad feroz que estas criaturas que habitan los fríos espejos. Y a propósito de espejos: nunca pudieron aclararse los rumores acerca de la homosexualidad de la condesa, ignorándose si se trataba de una tendencia inconsciente o si, por lo contrario, la aceptó con naturalidad, como un derecho más que le correspondía. En lo esencial, vivió sumida en un ámbito exclusivamente femenino. No hubo sino mujeres en sus noches de crímenes. Luego, algunos detalles son obviamente reveladores: por ejemplo, en la sala de torturas, en los momentos de máxima tensión, solía introducir ella misma un cirio ardiente en el sexo de la víctima. También hay testimonios que dicen de una lujuria menos solitaria. Una sirvienta aseguró en el proceso que una aristocrática y misteriosa dama vestida de mancebo visitaba a la condesa. En una ocasión las descubrió juntas, torturando a una muchacha. Pero se ignora si compartían otros placeres que los sádicos.

Continuó con el tema del espejo. Si bien no se trata de *explicar* a esta siniestra figura, es preciso detenerse en el hecho de que padecía el mal del siglo XVI: la melancolía.

Un color invariable rige al melancólico: su interior es un espacio de color de luto; nada pasa allí, nadie pasa. Es una escena sin decorados donde el yo inerte es asistido por el yo que sufre por esa inercia. Éste quisiera liberar al prisionero, pero cualquier tentativa fracasa como hubiera fracasado Teseo si, además de ser él mismo, hubiese sido, también, el Minotauro; matarlo, entonces, habría exigido matarse. Pero hay remedios fugitivos: los placeres sexuales, por ejemplo, por un breve tiempo pueden borrar la silenciosa galería de ecos y de espejos que es el alma melancólica. Y más aún: hasta pueden iluminar ese recinto enlutado y transformarlo en una suerte de cajita de música con figuras de vivos y alegres colores que danzan y cantan deliciosamente. Luego, cuando se acabe la cuerda, habrá que retornar a la inmovilidad y al silencio. La cajita de música no es un medio de comparación gratuito. Creo que la melancolía es, en suma, un problema musical: una disonancia, un ritmo trastornado. Mientras *afuera* todo sucede con un ritmo vertiginoso de cascada, *adentro* hay una lentitud exhausta de gota de agua cayendo de tanto en tanto. De allí que ese *afuera* contemplado desde el *adentro* melancólico resulte absurdo e irreal y constituya «la farsa que todos tenemos que representar». Pero por un instante —sea por una música salvaje, o alguna droga, o el acto sexual en su máxima violencia—, el ritmo lentísimo del melancólico no sólo llega a acordarse con el del mundo externo, sino que lo sobrepasa con una desmesura indeciblemente dichosa; y el yo vibra animado por energías delirantes.

Al melancólico el tiempo se le manifiesta como suspensión del transcurrir —en verdad, hay un transcurrir, pero su lentitud evoca el crecimiento de las uñas de los muertos— que precede y continúa a la violencia fatalmente efímera. Entre dos silencios o dos muertes, la prodigiosa y fugaz velocidad, revestida de variadas formas que van de la inocente ebriedad a las perversiones sexuales y aun al crimen. Y pienso en Erzébet Báthory y en sus noches cuyo ritmo medían los gritos de las adolescentes. El libro que comento en estas notas lleva un retrato de la condesa: la sombría y hermosa dama se parece a la alegoría de la melancolía que muestran los viejos grabados. Quiero recordar, además, que en su época una melancólica significaba una poseída por el demonio.

MAGIA NEGRA

Et qui tue le soleil pour installer le royaume de la nuit noire.

Artaud

La mayor obsesión de Erzébet había sido siempre alejar a cualquier precio la vejez. Su total adhesión a la magia negra tenía que dar por resultado la intacta y perpetua conservación de su «divino tesoro». Las hierbas mágicas, los ensalmos, los amuletos, y aun los baños de sangre, poseían, para la condesa, una función medicinal: inmovilizar su belleza para que fuera eternamente *comme un rêve de pierre*. Siempre vivió rodeada de talismanes. En sus años de crimen se resolvió por un talismán único que contenía un viejo y sucio pergamino en donde estaba escrita, con tinta especial, una plegaria destinada a su uso particular. Lo llevaba junto a su corazón, bajo sus lujosos vestidos, y en medio de alguna fiesta lo tocaba subrepticiamente. Traduzco la plegaria:

Isten, ayúdame; y tú también, nube que todo lo puede. Protégeme a mí, Erzébet, y dame una larga vida. Oh, nube, estoy en peligro. Envíame noventa gatos, pues tú eres la suprema soberana de los gatos. Ordénales que se reúnan viniendo de todos los lugares donde moran, de las montañas, de las aguas, de los ríos, del agua de los te-

chos y del agua de los océanos. Diles que vengan rápido a morder el corazón de... y también el corazón de... y el de... Que desgarren y muerdan, también, el corazón de Megyery el Rojo. Y guarda a Erzébet de todo mal.

Los espacios eran para inscribir los nombres de los corazones que habrían de ser mordidos.

Fue en 1604 que Erzébet quedó viuda y que conoció a Darvulia. Este personaje era, exactamente, *la hechicera del bosque*, la que nos asustaba desde los libros para niños. Viejísima, colérica, siempre rodeada de gatos negros, Darvulia correspondió a la fascinación que ejercía en Erzébet pues en los ojos de la bella encontraba una nueva versión de los poderes maléficos encerrados en los venenos de la selva y la nefasta *insensibilidad de la luna*. La magia negra de Darvulia se inscribió en el negro silencio de la condesa: *la inició en los juegos más crueles; le enseñó a mirar morir y el sentido de mirar morir*; la animó a buscar la muerte y la sangre en un sentido literal, esto es: a quererlas por sí mismas, sin temor.

BAÑOS DE SANGRE

> Si te vas a bañar, Juanilla, dime a cuáles baños vas.
>
> Cancionero de Upsala

Corría este rumor: desde la llegada de Darvulia, la condesa, para preservar su lozanía, tomaba baños de sangre humana. En efecto, Darvulia, como buena hechicera, creía en los poderes reconstitutivos del «fluido humano». Ponderó las excelencias de la sangre de muchachas —en lo posible vírgenes— para someter al demonio de la decrepitud y la condesa aceptó este remedio como si se tratara de baños de asiento. De este modo, en la sala de torturas, Dorkó se aplicaba a cortar venas y arterias; la sangre era recogida en vasijas y, cuando las dadoras ya estaban exangües, Dorkó vertía el rojo y tibio líquido sobre el cuerpo de la condesa que esperaba tan tranquila, tan blanca, tan erguida, tan silenciosa.

A pesar de su invariable belleza, el tiempo infligió a Erzébet algunos de los signos vulgares de su transcurrir. Hacia 1610, Darvulia había desaparecido misteriosamente, y Erzébet, que frisaba la cincuentena, se lamentó ante su nueva hechicera de la ineficacia de los baños de sangre. En verdad, más que lamentarse amenazó con matarla si no detenía inmediatamente la propagación de las execradas señales de la vejez. La hechicera dedujo que esa ineficacia era causada por la utilización de sangre plebeya. Aseguró —o auguró— que, trocando la tonalidad, empleando sangre azul en vez de roja, la vejez se alejaría corrida y avergonzada. Así se inició la caza de hijas de gentilhombres. Para atraerlas, las secuaces de Erzébet argumentaban que la Dama de Csejthe, sola en su desolado castillo, no se resignaba a su soledad. ¿Y cómo abolir la soledad? Llenando los sombríos recintos con niñas de buenas familias a las que, en pago de su alegre compañía, les daría lecciones de buen tono, les enseñaría cómo comportarse exquisitamente en sociedad. Dos semanas después, de las veinticinco «alumnas» que corrieron a aristocratizarse no quedaban sino dos: una murió poco después, exangüe; la otra logró suicidarse.

CASTILLO DE CSEJTHE

Le chemin de rocs est semé de cris sombres.

P. J. Jouve

Castillo de piedras grises, escasas ventanas, torres cuadradas, laberintos subterráneos, castillo emplazado en la colina de rocas, de hierbas ralas y secas, de bosques con fieras blancas en invierno y oscuras en verano, castillo que Erzébet Báthory amaba por su funesta soledad de muros que ahogaban todo grito.

El aposento de la condesa, frío y mal alumbrado por una lámpara de aceite de jazmín, olía a sangre así como el subsuelo a cadáver. De haberlo querido, hubiera podido realizar su «gran obra» a la luz del día y diezmar muchachas al sol, pero le fascinaban las tinieblas del laberinto que tan bien se acordaban a su *terrible erotismo de piedra, de nieve y de murallas*. Amaba el laberinto, que significa el lugar típico donde tenemos miedo; el viscoso, el inseguro espacio de la desprotección y del extraviarse.

¿Qué hacía de sus días y de sus noches en la soledad de Csejthe? Sabemos algo de sus noches. En cuanto a sus días, la bellísima condesa no se separaba de dos viejas sirvientas, dos escapadas de alguna obra de Goya: las sucias, malolientes, increíblemente feas y perversas Dorkó y Jó Ilona. Éstas intentaban divertirla hasta con historias domésticas que ella no atendía, si bien necesitaba de ese continuo y deleznable rumor. Otra manera de matar el tiempo consistía en contemplar sus joyas, mirarse en su famoso espejo y cambiarse quince trajes por día. Dueña de un gran sentido práctico, se preocupaba de que las prisiones del subsuelo estuvieran siempre bien abastecidas; pensaba en el porvenir de sus hijos —que siempre residieron lejos de ella; administraba sus bienes con inteligencia y se ocupaba, en fin, de todos los pequeños detalles que rigen el orden profano de los días.

MEDIDAS SEVERAS

> *... la loi, froide par elle-même, ne saurait être accessible aux passions qui peuvent légitimer la cruelle action du meurtre.*
>
> Sade

Durante seis años la condesa asesinó impunemente. En el transcurso de esos años, no habían cesado de correr los más tristes rumores a su respecto. Pero el nombre Báthory, no sólo ilustre sino activamente protegido por los Habsburgo, atemorizaba a los probables denunciadores.

Hacia 1610 el rey tenía los más siniestros informes —acompañados de pruebas— acerca de la condesa. Después de largas vacilaciones decidió tomar severas medidas. Encargó al poderoso palatino Thurzó que indagara los luctuosos hechos de Csejthe y castigase a la culpable.

En compañía de sus hombres armados, Thurzó llegó al castillo sin anunciarse. En el subsuelo, desordenado por la sangrienta ceremonia de la noche anterior, encontró un bello cadáver mutilado y dos niñas en agonía. No es esto todo. Aspiró el olor a cadáver; miró los muros ensangrentados; vio «la Virgen de hierro», la jaula, los instrumentos de tortura, las vasijas con sangre reseca, las celdas —y en una de ellas a un grupo de muchachas que aguardaban su turno para morir y que le dijeron que después de muchos días de ayuno les habían servido una cierta carne asada que había pertenecido a los hermosos cuerpos de sus compañeras muertas...

La condesa, sin negar las acusaciones de Thurzó, declaró que *todo aquello era su derecho de mujer noble y de alto rango*. A lo que respondió el palatino: *... te condeno a prisión perpetua dentro de tu castillo*.

Desde su corazón, Thurzó se diría que había que decapitar a la condesa, pero un castigo tan ejemplar hubiese podido suscitar la reprobación no sólo respecto a los Báthory sino a los nobles en general. Mientras tanto, en el aposento de la condesa fue hallado un cuadernillo cubierto por su letra con los nombres y las señas particulares de sus víctimas que allí sumaban 610... En cuanto a los secuaces de Erzébet, se los procesó, confesaron hechos increíbles, y murieron en la hoguera.

La prisión subía en torno suyo. Se muraron las puertas y las ventanas de su aposento. En una pared fue practicada una ínfima ventanilla por donde poder pasarle los alimentos. *Y cuando todo estuvo terminado erigieron cuatro patíbulos en los ángulos del castillo para señalar que allí vivía una condenada a muerte*.

Así vivió más de tres años, casi muerta de frío y de hambre. Nunca demostró arrepentimiento. Nunca comprendió por qué la condenaron. El 21 de agosto de 1614, un cronista de la época escribía: *Murió hacia el anochecer, abandonada de todos*.

Ella no sintió miedo, no tembló nunca. Entonces, ninguna compasión ni emoción ni admiración por ella. Sólo un quedar en suspenso en el exceso del horror, una fascinación por un vestido blanco que se vuelve rojo, por la idea de un absoluto desgarramiento, por la evocación de un silencio constelado de gritos en donde todo es la imagen de una belleza inaceptable.

Como Sade en sus escritos, como Gilles de Rais en sus crímenes, la condesa Báthory alcanzó, más allá de todo límite, el último fondo del desenfreno. Ella es una prueba más de que la libertad absoluta de la criatura humana es horrible.

Palabras

Se espera que la lluvia pase. Se espera que los vientos lleguen. Se espera. Se dice. Por amor al silencio se dicen miserables palabras. Un decir forzoso, forzado, un decir sin salida posible, por amor al silencio, por amor al lenguaje de los cuerpos. Yo hablaba. En mí el lenguaje es siempre un pretexto para el silencio. Es mi manera de expresar mi fatiga inexpresable.

Debiera invertirse este orden maligno. Por primera vez emplear palabras para seducir a quien se quisiera gracias a la mediación del silencio más puro. Siempre he sido yo la silenciosa. Las palabras intercesoras, las he oído tanto, ahora las repito. ¿Quién elogió a los amantes en detrimento de los amados? Mi orientación más profunda: la orilla del silencio. Palabras intercesoras, señuelo de vocales. Ésta es ahora mi vida: mesurarme, temblar ante cada voz, temblar las palabras apelando a todo lo que de nefasto y de maldito he oído y leído en materia de formas de seducción.

El hecho es que yo contaba, yo analizaba, yo relacionaba ejemplos proporcionados por los amigos comunes y la literatura. Le demostraba que la razón estaba de mi parte, la razón de amor. Le prometía que amándome iba a serle accesible un lugar de justicia perfecta. Esto le decía sin estar yo misma enamorada, habiendo sólo en mí la voluntad de ser amada por él y no por otro. Es tan difícil hablar de esto. Cuando vi su rostro por primera vez, deseé que fuera de amor al volverse hacia mi rostro. Quise sus ojos despeñándose en los míos. De esto quiero hablar. De un amor imposible porque no hay amor. Historia de amor sin amor. Me apresuro. Hay amor. Hay amor de la misma manera en que recién salí a la noche y dije: hay viento. No es una historia sin amor. Más bien habría que hablar de los sustitutos.

Hay gestos que me dan en el sexo. Así: temor y temblor en el sexo. Ver su rostro demorándose una fracción de segundo, su rostro se detuvo en un tiempo incontable, su rostro, un detenerse tan decisivo, como quien mueve la voz y dice *no*. Aquel poema de Dylan Thomas sobre la mano que firma en el papel. Un rostro que dure lo que una mano escribiendo un nombre en una hoja de papel. Me dio en el sexo. Levitación; me izan; vuelo. Un *no*, a causa de ese *no* todo se desencadena. He de contar en orden este desorden. Contar desordenadamente este extraño orden de cosas. A medida que *no* vaya sucediendo.

Hablo de un poema que se acerca. Se va acercando mientras a mí me tienen lejos. Sin descanso la fatiga; infatigablemente la fatiga a medida que la noche —no el poema— se acerca y yo estoy a su lado y nada, nada sucede a medida que la noche se acerca y pasa y nada, nada sucede. Sólo una voz lejanísima, una creencia mágica, una absurda, antigua espera de cosas mejores.

Recién le dije *no*. Escándalo. Transgresión. Dije *no*, cuando desde hace meses agonizo de espera y cuando inicio el gesto, cuando lo iniciaba... Trémulo temblor, hacerme mal, herirme, sed de desmesura (pensar alguna vez en la importancia de la sílaba *no*).

1964

Aprendizaje

—Admire sólo la ejecución de los muñecos —dijo.

Cuanto más los miraba, más fuerte era mi certidumbre de que nunca formularía, en mis poemas, signos iguales o parecidos a los que emitían esos muñecos. Y en verdad, ¿cómo comparar una paciente serie de pequeños actos con el impulso desenfrenado de la materia verbal errante?

—Ya no hay más nombres —dije a la loca.

—Si se queda unos años en el hospicio, le enseñaré a hacer muñecos como estos —dijo.

¿Acaso es nada la vida? ¿Por qué conceder tanto tiempo a tan inútil aprendizaje?

—No quiero quedarme —dije—. De lo que se llama la locura, he oído hablar, como todo el mundo, pero no basta querer estar loca.

Se señaló a sí misma.

—No la abandone. No la deje sola.

Empezamos a llorar. Entró el médico. La señalé a ella y dije:

—Lo he dado todo y ahora me dejan sola.

Así aprendí cómo se hace un muñeco. Pero ustedes admiren sólo la ejecución de los muñecos.

Esbozo

—Me parezco a ciertos animales que sólo viven de noche.
—Sólo pido una cosa, y es todo: que mires la claridad, el sol.
—No me faltan ojos para constatar que aquí el sol es el sol, el verde es verde, y cuando esto se pone rojo, es rojo.
—No es necesario comprender tanto. Te amo. ¿Qué otra cosa pude haber hecho sino extraerte de la noche?
—¿Me sacaste de la noche?
Yo tenía un cuchillo y dejé que mi acto continuara en vez de mi lengua.
Comprobé qué parecido a un cerdo era ese hombre agónico.
—Exactamente como un cerdo —dije.
Pero él no contestaba nada y me miraba con ojos embrutecidos. Al sol primero y a mí después.

Casa de citas

J'en parle afin de traduire un état de terreur.

GEORGES BATAILLE

—Hay como chicos mendigos saltando mi cerca mental, buscando aperturas, nidos, cosas para romper o robar.
—Alguien se maravillaba de que los gatos tuvieran dos agujeros en la piel, precisamente en el sitio de los ojos.
—«Odio a los fantasmas» —dijo, y se notaba claramente por su tono que sólo después de haber pronunciado estas palabras comprendía su significado.
—Abrí la boca un poco más, así se notará que estás hablando.
—Me siento como si no fuera capaz de hablar más en la vida.
—Hablá en voz muy baja. Y sobre todo, recordá quién sos.
—¿Y si me olvido?
—Entonces bramá.

—Estoy pensando que.
—No es verdad. Cosas desde la nada a ti confluyen.

—A lo lejos sonaba indistintamente la voz de una muchacha que cantaba canciones de su tiempo de muchacha.
—¿En qué pensás mientras cantás?

—En que aquel sueño de ir en bicicleta a ver una cascada rodeada de hojas verdes no era para mí.
—Sólo quería ver el jardín.
—¿Y ahora?
—Siento deseos de huir hacia un país más hospitalario y, al mismo tiempo, busco bajo mis ropas un puñal.
—Como vos, quisiera ser una cosa que no puede sentir el paso de los años.
—Supongo que el envejecimiento del rostro ha de ser una herida de espantoso cuchillo.
—La vida nos ha olvidado y lo malo es que uno no se muere de eso.
—Sin embargo, cada vez nos va peor.
—Entonces la vida no nos ha olvidado.

—Perras palabras. ¿Cómo han de poder mis gritos determinar una sintaxis? Todo se articula en el cuerpo cuando el cuerpo dice la fuerza inadjetivable de los deseos primitivos.
—Apenas digo el espacio donde se escribe el signo del reflejo de un pensar que emana gritos.

—Soy real —dijo. Y se puso a llorar.
—¿Real? Andate de aquí.
—Algo fluye, no cesa de fluir.
—Dije que te fueras.
—Dijiste que me fuera. Intento hacerlo desde que me parió mi madre.
—Vos no existís, ni tu madre, ni nada, salvo el diccionario.

—Alcancé el maravilloso poder de simpatizar con cualquier cosa que sufriese.

—No entiendo. Fui al prostíbulo, y esa bella constelación de divinas difuntas.

—Entiendo. La crítica de la puta razón.

—Quedé asombrada con cantidad de asombro pues vi a una mujer montada sobre un animal en estado bruto.

—Mi miedo al dar a la vida un solo adjetivo.

—Siempre tropiezo en mi plegaria de la infancia.

—Siempre así: yo estoy a la puerta; llamo; nadie abre.

—Le dije cuanto había en mi corazón.

—Por eso huyó, ¿verdad?

—A la hora de morir uno canta para sí, no para los demás.

—Sólo en su canto podía reconocerse al amante silencioso.

—Dispersados serán por el mundo las mujeres que cantan y los hombres que cantan y todos los que cantan.

—Y entonces se vestirá tranquilamente con el hábito de la locura.

—De nuevo la sombra.

—Y entonces me alejé o llegué. ¿Tendré tiempo de hacerme una máscara para cuando emerja de las sombras?

—La sombra, ella está aquí. Casa de sal volcada, de espejos rotos. Yo había encontrado un pequeño lugar solitario, propicio para llorar. Esta vez la sombra vino a la tarde, y no como siempre por la noche. Yo ya no encuentro un nombre para esto.

—Esta vez vino a la tarde, y no como siempre por la noche. Volvió a venir, mas ya no hallé, aun siendo día, un nombre para aquello. Esta vez parecía amarillo. Yo estaba sentada en la cocina con un fósforo quemado entre los dedos.

1971

Tragedia

Con el rumor de los ojos de las muñecas movidos por el viento tan fuerte que los hacía abrirse y cerrarse un poco. Yo estaba en el pequeño jardín triangular y tomaba el té con mis muñecas y con la muerte. ¿Y quién es esa dama vestida de azul de cara azul y nariz azul y labios azules y dientes azules y uñas azules y senos azules con pezones dorados? Es mi maestra de canto. ¿Y quién es esa dama de terciopelos rojos que tiene cara de pie y emite partículas de sonidos y apoya sus dedos sobre rectángulos de nácar blancos que descienden y se oyen sonidos, los mismos sonidos? Es mi profesora de piano y estoy segura de que debajo de sus terciopelos rojos no tiene nada, está desnuda con su cara de pie y así ha de pasear los domingos en un gran triciclo rojo con asiento de terciopelo rojo apretando el asiento con las piernas cada vez más apretadas como pinzas hasta que el triciclo se le introduce adentro y nunca más se lo ve.

1966

A tiempo y no

a Enrique Pezzoni

—No he visto aún a la reina loca —dijo la niña.
—Pues acompáñame, y ella te contará su historia —dijo la muerte.
Mientras se alejaban, la niña oyó que la muerte decía, dirigiéndose a un grupo de gente que esperaba: «Hoy están perdonados porque estoy ocupada», cosa que la alegró, pues el saber que eran tantos los que iban a morir la ponía algo triste.
Al poco rato vieron, a lo lejos, a la reina loca que estaba sentada muy sola y triste sobre una roca.
—¿Qué le pasa? —preguntó la niña a la muerte.
—Todo es imaginación —replicó la muerte—, en realidad no tiene la menor tristeza.
—Pero sufre igual, entonces no hay ninguna diferencia —dijo la niña.
—Vamos —dijo la muerte.

Se acercaron, pues, a la reina loca, que las miró en silencio.
—Esta niña desea conocer tu historia —dijo la muerte.

—Yo también quisiera conocer mi historia si yo fuera ella y ella yo —dijo la reina loca. Y agregó—: Siéntense las dos y no digan una sola palabra hasta que haya terminado.

La muerte y la niña se sentaron y, durante unos minutos, nadie pronunció una sola palabra. La muñeca cerró los ojos.

—No veo cómo podrá terminar si no empieza —dijo la niña.

Se hizo un gran silencio.

—Una vez fui reina —empezó al fin la reina loca.

A estas palabras el silencio se volvió a unificar y se hizo denso como una caverna o cualquier otro abrigo de piedra: dentro, entre las paredes milenarias, la joven reina rodeada de unicornios sonríe a su espejo mágico. La niña sentía deseos de prosternarse ante la narradora en harapos y decirle: «Muchas gracias por su interesante historia, señora», pero algo le hacía suponer que la historia de la reina loca aún no estaba terminada y por lo tanto permaneció quieta y callada.

La reina loca suspiró profundamente. La muñeca abrió los ojos.

—«Hijo mío, tráeme la preciosa sangre de tu hija, su cabeza y sus entrañas, sus fémures y sus brazos que te dije encerraras en la olla nueva y la taparas, enséñamelo, tengo deseos de mirar todo eso; hace tiempo te lo di, cuando ante mí gemiste, cuando ante mí estalló tu llanto» —dijo la reina loca.

—No le hagas caso —dijo la muerte—, está loca.

—¿Y cómo no va a estarlo si es la reina loca? —dijo la niña.

—Siempre divaga sobre lo que no tuvo. Lo que no tuvo la atraganta como un hueso —dijo la muerte.

Con ojos llenos de lágrimas prosiguió la reina loca:

—Niña, tú que no has tenido un reino, no puedes saber por qué voy bajo la lluvia con mi corona de papel dorado y la protejo...

—Para que no se moje —dijo la niña. Y empezó a contar: Una vez mi primo y yo... Pero se contuvo pues la muerte mordía con impaciencia un pétalo de la rosa que tenía en la boca.

—No, no puedo saber —dijo la niña.

—Pues cuenta tu historia de una vez y basta —dijo la muerte consultando su reloj que en ese momento se abrió e hizo aparecer a un pequeño caballero con una pistola en la mano que disparó seis tiros al aire: eran las seis en punto de la tarde y el crepúsculo no dejaba de revelarse algo siniestro, sobre todo por la fugaz aparición del caballerito del reloj y por la presencia de la muerte, aun si ésta jugaba con una rosa que lamía y mordía. A lo lejos, cantaban acompañándose de aullidos y tambores. Alguien cantaba una canción en alabanza de las florecitas del campo, del cielito blanco y azul, del arroyuelo que mana agüita pura. Pero otra voz cantaba otra cosa:

Et en bas, comme au bas de la pente amère,
cruellement désespéré du coeur,
s'ouvre le cercle des six croix,
    très en bas
comme encastré dans la terre mère,
desencastré de l'entreinte inmonde de la mère
    qui bave.

La reina loca suspiró.

—Me he acostado con mi madre. Me he acostado con mi padre. Me he acostado con mi hijo. Me he acostado con mi caballo —dijo. Y agregó—: ¿Y qué?

La muerte escupió otro pétalo y bostezó.

—Qué interesante —dijo la niña con temor de que su muñeca hubiese escuchado. Pero la muñeca sonreía, aunque tal vez con demasiado candor.

—Podría contarte mi historia a partir de la *e* de ¿Y qué?, que fue la última frase que dije aunque ya no es más la última —dijo la reina loca—. Pero es inútil contarte mi historia desde el principio de nuestra conversación, porque yo era otra persona que no está más.

La muerte bostezó. La muñeca abrió los ojos.

—Qé bida! —dijo la muñeca, que aún no sabía hablar sin faltas de ortografía.

Todo el mundo sonrió y tomó el té sobre la roca, en el funesto crepúsculo, mientras aguardaban a Maldoror que había prometido venir con su nuevo perro. Entretanto, la muerte cerró los ojos, y tuvieron que reconocer que dormida quedaba hermosa.

1968

La verdad del bosque

Como un golfo de soles este espacio hermético y transparente: una esfera de cristal con el sol adentro; con un cuerpo dorado (un ausente, querido tú) con una cabeza donde brillan los ojos más azules delante del sol en la esfera transparente.

La acción transcurre en el desierto y qué sola atravesé mi infancia como caperucita el bosque antes del encuentro feroz. Qué sola llevando una cesta, qué inocente, qué decorosa y bien dispuesta, pero nos devoraron a todos porque ¿para qué sirven las palabras si no pueden constatar que nos devoraron? —dijo la abuela.

Pero de la mía no se vistió el lobo. El bosque no es verde sino en el cerebro. La abuela dio a luz a mi madre quien a su vez me dio a tierra, y todo gracias a mi imaginación. Pero allí, en mi pequeño teatro, el lobo las devoró. En cuanto al lobo, lo recorté y lo pegué en mi cuaderno escolar. En suma, en esta vida me deben el festín.

—¿Y a esto llamas vida? —dijo la abuela.

1966

Niña en jardín

a Daniela Haman

Un claro en un jardín oscuro o un pequeño espacio de luz entre hojas negras. Allí estoy yo, dueña de mis cuatro años, señora de los pájaros celestes y de los pájaros rojos. Al más hermoso le digo:
—Te voy a regalar a no sé quién.
—¿Cómo sabes que le gustaré? —dice.
—Voy a regalarte —digo.
—Nunca tendrás a quien regalar un pájaro —dice el pájaro.

1966

Violario

De un antiguo parecido mental con caperucita provendría, no lo sé, el hechizo que involuntariamente despierto en las viejas de cara de lobo. Y pienso en una que me quiso violar en un velorio mientras yo miraba las flores en las manos del muerto.

Había incrustado su apolillada humanidad en la capital de mi persona y me tenía aferrada de los hombros y me decía: *mire las flores... qué lindas le quedan las flores...*

Nadie hubiera podido conjeturar, viendo mi estampa adolescente, que la vetusta *femme de lettres* hacía otra cosa que llorar en mi cuello. Abrazándose estrechamente a mí, que a mi vez temblaba de risa y de terror.

Y así permanecimos unos instantes, sacudidos los cuerpos por distintos estremecimientos, hasta que me quedó muy poco de risa y mucho de terror.

Seguí mirando las flores, seguí mirando las flores... Yo estaba escandalizada por el adulterado decadentismo que ella pretendía reavivar con ese ardor a lo Renée Vivien, con ese brío a lo Natalie Clifford Barney, con esa sáfica unción al decir flores, con ese solemne respeto greco-romano por los chivos emisarios de sus sonetos...

Entonces decreté no escribir un solo poema más con flores.

1965

La bucanera de Pernambuco
o Hilda la polígrafa

> ... hasta es posible que se haya metido en la boca un mondadientes...
>
> F. Kafka, *Diarios*

ÍNDICE INGENUO (O NO)

a las hijas de Loth

1. La pequeña marioneta verde —dedicado a Lichtenberg.
2. En Alabama de Heraclítoris —dedicado a Harpo Marx.
3. Cada bruja con su brújula —a Kierkegaard.
4. Helioglobo —a Alexis Piron Ashbee.
5. El periplo de Pericles a Papuasia —a Safo y a Baffo.
6. Pigmeón y Gatafea —al doctor Bernard School.
7. El gran afinado —a Andrea Mercial.
8. Vestidos bilingües (quand le monster called amone) —a Madame de Warrens.
9. Abstrakta o Moral and Nicht Cómike —a la Marquesa d'O.
10. ¿Qué es la mayéutica, mami? —a la cantante alemana.

11. The greatest poet —a Sader-Masoch.
12. A ídishe Mame o la autora
    de Igitujés —a Amélie de Freud.

ÍNDICE PIOLA

a la hija de Fanny Hill

1. El periplo de Pericles a Papuasia.
2. La viuda del ciclista.
3. Diversiones Púbicas.
4. La Polka.
5. Vestidos bilingües.
6. Leika.
7. Desolativo.
8. Lo trágico del destino pigmeo.
9. Tabla rosa.
10. Helioglobo.
11. El textículo de la cuestión.
12. Abstrakta.
13. Cada bruja con su brújula.
14. La bucanera de Pernambuco.
15. Ramera paramera.
16. La siringa de las damas fenicias.
17. Los vates closet.
18. En alabama de heraclítoris.
19. Leda e il loro.

PRAEFACIÓN

Me importa un carajo que aceptes el don de amor de un cuenticón llamado haschich:

LA PÁJARA EN EL OJO AJENO.

—¡Hideputas! —dije en Jijón, mientras en Jaén tres cigüeñas negras cambiaban de puta.

Oculta tu voluptad antes que la voz del matante miedo ritme esta prosa por pendientes desfavorables. Voy a entrar en mi castillito de papel acompañada por un perro de niebla.

—Lo perro es una cosa o una esencia que cada atardecido siente a solas —respodencó.

(—It's O. K.).

Malmirada por la bruja que Brujas la muerta.

(Regio, ché).

—La oscuridad es una cosa poco correcta —dijo.

Pequeño ciervo mueve diminutos cierzos. Solamente yo emito señales vivas. Una bondad última ilumina las cosas.

(¡Es laloc!).

¿Pero no resulta medio afligente ser la única náufraga sobreviviente en este cementerio hecho con aullidos de lobo y con el áulico ulular de Ulalume, cuya sombra yerra cerca del estuario, entre animales que parecen estatuas?

(Seguí, no seas vos también la marquesa Caguetti).

—Las desgracias no vienen solas puesto que vinieron con su madrina. Ché, Chú, quedate kioto.

—¿Entre qué tréboles treman los tigres? ¿De súcubo tu culo o tu cubo?

Lectoto o lecteta: mi desasimiento de tu aprobamierda te hará leerme a todo vapor.

ACLARACIÓN QUE HAGO PORQUE ME LA PIDIÓ V.

Aclaratoria: Alguien me pide que explique a los horrendos lectores lo siguiente:

1) Cada vez que un nombre empieza con *Pe* designa fatalmente al loro Pericles.

Ejemplo: Perimpsey (cuando Pericles o Perico o Pedrito, boxea); Peri Huang (cuando Pericles escucha una perorata acerca del erotismo chino); Pericón Nacional (cuando lo ejecuta munido de algunas patitas). Y siempre así.

2) Mismo método aplicado a la Coja Ensimismada. Ella es todo lo que empieza con *Co*.

3) Ídem para Flor de Edipo Chú. Todo lo que empieza con *Chú* es él y viceversa.

HELIOGLOBO –32–

a Silvina Ocampo y Adolfo Bioy Casares

> *Aussi bien pouvez-vous par une annonce personnelle faire savoir que vous existez.*
>
> L'art de trouver un mari

I

Triste introito, por el conde Ferdinand von Zeppelin*

Soy el primero en reconocer que hiciste una labor no encomiable sino egregia, a pesar, precisamente, de ciertos lupanares *ad coj*

---

* En 1900, el conde von Zeppelin inventó lo que indica su nombre.

que traicionan las manitos libertinas de las nocturnas aprendizas así también como el pie plano de tu probo amigo

                                        P fffffff Plop

Riga – Riga, 29 de febmarzo de 1984.

Nota de Lactancio de dexubre del 69: Por más que Corrado ría sin el propósito que supuso alguna vez su madrina, la tuya que tu libro sea taxi (libre como un taxi) o, mejor, *remisse*. Que no se rebaje a colectivo, donde se embaten y se embuten, dándose culo con culo, una garaba juntapuchos que canta lo más pancha bajo la lluvia, un hada franelera, una niña que tiene la manija, y el tratante de loros, el pechador arrepentido, la vendedora de pulpos, el Dr. Flor de Edipo Chú y su amarilla fosforera, su monodúctil pensadora, que ahuyenta al lector goruta.

Proemio de la fraguadora

Una costumbre aneja y añeja aconseja y aconeja la gratitud en los proemios. De donde se deriva mi declarado reconocimiento por mi introducción a mi menor, y, también, a la Asociación Literaria Reina Menstruy —de Casilda— cuya beca Juana Manuela Gorriti, tan útil para la lluvia, me regaló ocio suficiente para mallarmearme de risa igual que cuando uno pierde una meano, en su lugar de ausente crece este guante de papel que abre o cierra a su duque de Guisa, con llave de oro, el espacio donde celebramos la fiesta de mis voces vivas.

    El lector excusará mis imprecaciones, mis improperios, mis denuestos y mis ex Marco Abruptos. Esta exigencia de ser excusada se acompaña de una severísima aseveración que la Sanseverina formuló cuando, a propósito de Ahasverus, Cartuja de Parma preguntó:

—¿Existe, ché? (Est-ce qu'il existe, Tché?)

—Poco importa, puesto que sufre. Pero si preferís obrar como los mierdas, ajetréate, jugá al ajedrez con Cristina y Descartes, y proferí la proverbial cantilena de los mierdas.

—¿Qué dicen los mierdas? —dijo, demudada, la Cartuja de Esperma.

—¿Qué van a decir? ¿Encima que son mierdas querés que digan frases memorables?

¿Qué he de agregar si Plinio el Joven y Aristarco el Terco definieron para siempre el invisible fin de todo jardín? Porque yo, en 1970, busco lo que ellos en 197. ¿Y qué buscás, ché?, me dirá un lector. A lo cual te digo, ché, que busco un hipopótamo.

II

Algunos persopejes

> *On ne s'appelle pas Bonichon, d'abord.*
>
> ALPHONSE ALLAIS

El loro PERICLES.

COJA ENSIMISMADA: Dueña de Pericles. Présbita. Nadie garantiza la veracidad de sus amores con Ramón del Valle Inclán, el supérstito manco a quien Manco Capac de Mantegna y Pancho Villa obsequiaron con calaveras. «Hoy tu palabra es como un manco», le dijo, desde Casilda, el clan Coja. A lo cual respondió el trazador de Bradomín: «Entonces, a Montecarlo, a conquistar a la Argentinita». A la sazón perdió el último brazo con el que rampaba como un lobizón.

BOSTA WATSON: Hija natural de Ionesco y de la Unesco. Hija artificial de Lupasco.

PESTA CHESTERFIELD: Hija de Lord Chesterfield, padre de Phillippe Morris. Prima de Bosta Watson. Fina y gallarda escritora, su pieza teatral de tres páginas consta de veinte actos y lleva un prefacio de Gregorio Marañón y un postfacio de Gregorio Samsa.

NICOMACO: Mico apócrifo. Inició a Popea en los puntapiés eróticos que acabarían con su vida (la de Popea, no la de Spaguetti). Especie de play-ping-pong de la isla Fernando Póo (Estado de Nausicáa).

BETY LAUCHA BETINOTTI: Concuñada de Berta la calígrafa. Novia apócrifa e hipógrifa de Hipócrates.

VERNACULA DRACULA: Esposa morguenática de Guadalupe Posada, con quien se casó en la calle Morgue. Viuda de Gervasio Posadas. Ecuyère emmenthal de la Hostería del Caballito con Ruedas. Novia de la casa de Tucumán. Aconsejados por la Consejera Goethe, pedimos consejo al inventor Drais von Sauerbronn, quien inventó la *draisina*, especie de bicicleta con, en lugar de asiento, una pluma de oca (u ocarina). Con dicha pluma se desgansó a Animula Blandula Vernacula Dracula, que desapareció so pretexto del carnaval de Riga y, sobre todo, hizo desaparecer la espléndida máquina que se llamó *Bibí Draisina*.

... buscando un hipopótamo.

L. CARROLL

—Time is Mami —dijo Edipo a la Esfínter.
Entonces esa fula a quien le faltaban las gambas desapareció, y ya nunca su jeta de goruta apesadumbró el alba de los madruguistas.

—¡Zas! —denegó Zacarías (tocando el acordeón) en la Recoleta donde se tarahumaron los restos de Hilda la polígrafa, óboe suplente de «El vaso de leche» y damajuana de la Sociedad Franelera «El ganso de organza».

—Y me dio un pesto —narracionó Pesta rodeada por el tout Paestum.

El loro rió hipotéticamente como quien vaca y erra buscando un hipopótamo.

Recordará el lector que, no bien nació Buda, la gente vio a Asita, el ermitaño n.º 122, bajar del Himalaya pegando saltitos con un solo pie puesto que tenía un solo pie. Asita entró chez Buda y leyó en el cuerpo del pibe los «32».

—Ché, chú, explicá «32» —dijo la Cojuntapuchos encendiendo uno en la mirada del lechuguino Pedrito.

—Rajá, novia delisiada de Miguel Strogoff, que si no te sacudo una biaba es por no enroñarme. La próxima vez que quieras fuego, franeleate contra la estatua de aquel soldado desconocido que cuando pasás no vomita —dijo el loro por excelencia.

—Los «32» signos del Buda son 69 —dijo Li-Poe (cf. *Histoire d'O*).

—¿Lo cómo? —dijo Yeta Pundarika.

—¿Por qué te metés a balconear desde mi cuento, turra con almorranas? —bramaputeó el loto por excedencia.

Munido de un megáfono, Chú tsé tsentó en la proa de utilería y ut:

—A Asita le bastó mirarlo para darse cuenta que el pibe era un bochó. Por eso se enseña que el primer signo es la azotea harta de pajaritos.

Mutóse el chupaglor escrutando a un escrushante que con un dedo en los labios, decía *¡sh!*

Pesta diole un pesto:

—¡Chupacirios! ¡Traer un arzobispo de juguete!
El calígrafo poligriyo se vino al humo, y chau.
(Risas de Bosta. Risas de Pesta. Otras Risas).
Chupetín en ristre, Chuá Gregó:
—Una descripción real de un ente viviente como el perilustre Pericráneo nos obligaría a reconocer que hombres semejantes no existen.
—Soy la mentalidad futura —dijeron en coro «32» loros.

LA PÁJARA EN EL OJO AJENO

a Pietro Bacci-Baffo y a Antonio F. Molina

Il danaro, del buen danaro, è indispensabile.

FERRUCCIO RIZZATTI, *Il libro dei baci*

Grandes pajarerías «el ojo ajeno».
–Stock permanente de calandrias.
Servicio nocturno.
Coturnos para colibríes.
Invención y distinción en el arte pajareril.
Alpiste *Ma Mamelle*: todo para la teta, nada para la testuz.
Más vale pájaro en mano que en culo.
Gran pajarería *Felipe Derblay* cumple su sueño del pájaro propio.

En las ramas de mi pajarera hay un pajarito que le espera desde el 1º de octubre de 1492.

Sea el pajero de su propio desatino y sepa de una vez por todas que en ave cerrada no entran moscas sino que, al contrario, salen (las momoscas son las que sasalen).

Aprendimos en los clásicos que
In culo volens loquendi chorlitus
Concurra, por tanto, a Canuto 13, donde se le alegrarán a usted las pajarillas.

(En caso de accidente, pida pajaritos marcando CAN FIEL 69).
Amigos: nunca nadie se atrevió a refutar la óptima textura ni los sublimes materiales de nuestros pájaros. Lo mismo en cuanto a la impecable terminación de cada nuncio canoro. Cierto, hay algo irrisorio en nuestra pajarería: nuestros precios, más bajos que Chaliapín, que Napoleón, que mi novio. Lista de precios en mano, usted, reirá como cuando su madrina fríe una raya estrellada.

Voici algunos precios ejemplares que justifican a aquéllos del mismo ramo que nos llaman *Las niñitas modelo*.

Por sólo 22 $ w/c, usted puede (usted debe) comprar un par de chorlitos, o una docena y media de pájaros bobos, o el hijo del benteveo, o una pestaña de pájaro loco, o una pajarita de papel, o un pajolero, o un pijón, o un pijije, o un pájaro transparente, o un pájaro aparente, o un pájaro resucitado, o un kilo de canarios (y otro de preservativos de papel picado).

Otro ejemplo: por 2.200 $ h/p, usted podría (usted debería) comprar un pájaro imaginario.

Cada lunes de cada año bisiesto liquidaríamos: un pájaro mosca, un pituy; un picotijera (el pajarito del cajón de sastre), un picaculo (eficaz para... cortina musical), un pájaro-estructuralista y un pájaro de cuero negro *(Psychopajaritos Pif und Paf)*.

Compare nuestra lista con otras. Comprobará, estupefacto, que los nuestros son lo más barato en plaza y en amueblado.

Pibe que estudiás: tené siempre a mano un pájaro, tené siempre un pájaro en mano.

Escuchante: si le arde la pajarilla, aplíquese nuestra proverbial pajarita de las nieves. Y si sufre del mal de los antojos, pajaree entre pífanos y Plautos hasta que el suyo propio sea más eructo, es decir más erecto.

Moraleja: El niño azul gusta de la paja roja pero la niña roja gusta de la paja azul.

Pantuflas *ad patitam* exclusivamente diseñadas para nosotros por Bernard Showl.

Dichas pantuflas instarán a tu pajarito a practicar saltos mortales los días hábiles, desde las 8 hasta las 19 horas, y los días torpes desde las 8 horas hasta las 8 horas.

Cada mañana, mientras lo bañaban, Luis XXV sostenía con ambas manos una jaula con 450 pajaritos. Lo cual nos recuerda las bicicletas que Cleopatra encargó para sus 300 bichofeos.

Audistas, ¿sabéis definir el pájaro? Os ayudaré.

El pájaro es una cosa oculta.

Frobenius alimentó a un pájaro carpintero con pianos de cola. Resultado: nulo.

En 1911, Planck denunció, quejicoso, a su pájaro bobo, que lo hostigaba con preguntas inanes acerca de la inmortalidad del alma.

(*Cortina infantil*).

—Mamá, ¿quién es esa ladrona de marionetas que canta en el jardín?

Oyente: permutá tu mastín por un pájaro vigilante. ¿Cómo que no? ¿Te embaraza la imaginería miniaturizante? Bueno, bueno. Inflá el pajarito con un inflador de bicicletas. ¿Preferirías duplicarlo? (Al pajarito, no al inflador). Pon un espejo en el dintel y chau. Claro es que proveerás de sendas dagas al pájaro real y a su reflejo.

Es razonable que agregues, junto al espejo, una figura de cartón pintado que represente a un pájaro loco. No olvidar —y esto es importante— que también el tercer pájaro querrá una daga propia.

La manutención de los tres mosquéjaros así como el bestiario *ad pio*, lo comentaremos algún otro día, con más vuelo.

(Cortina musical: «El ornitorrinco», anónimo japonés).

El correo semental del ojo ajeno; a Culo Pajarero. – Nos está vedado, provecto escriba, contestar al consultor que ostente elementos reñidos con la moral en boga. Cierto, usted no es el único en orinarse en sueños, pero le rogamos pasar por nuestras oficinas a retirar la sábana mojada que nos mandó. No somos «videntes a distancia» (*sic*); solamente vendemos pajaritos. A prepúcito, la incontinencia del suyo no parece ser obra exclusiva de la Fatalidad. No lea tanto a las memorialistas anónimas (princesas rusa, palatina, cochinchinesa, etc.), pioneras de esos trabajos manuales que, si bien le proporcionan «alegrías de colegial» (como reza en su carta), conspiran contra su vieja vejiga, carajo.

Usted dice que no ha tenido tiempo de conocer la vida. ¿Qué responderle? Estamos algo ocupados.

Dice, también, que nunca miró otra cosa que el espejo, y que usted está enamorado de usted. ¡Oh platónico ropavejero! Su amor por usted no es una catástrofe, puesto que no hay probabilidades de que surjan rivales.

Menciona usted dólares, liras, anacolutos, libras. ¡Por fin un conflicto interesante! Llame a Pajita 22 y concierte un *rendezvous* con Concha Puti, su locutora amiga.

De modo que si esas libras esterlindas existen en sí y para los otros, venga nomás vestido de Pimpinela Escarlata. Le será fácil reconocerme pues huelo a señora que en los momentos de ocio y a fin de procurarse un dinerillo suplementario, se dedica a pintar los ojos de las muñecas.

(Cortina musical: «La trucha»).

a Bilitis Negra. – Basta. ¿No habrá un espíritu valiente que la persuada de que los hamsters no son de nuestro ramo? Siento en el alma, señora, que precisamente hoy festeja el 18avo aniversario de la muerte de su memorable *Solterón*, pero el parar mientes en el aniversario de marras es una rosa que está ausente de nuestro ramo desde 1869, gracias a los ardides del Dr. Cabello y Sopa, sobrino de Peladán y Peladilla, «el raro Sar» que reconoció la apoteosis del tordo kurdo. De modo que si usted no compra, por lo menos, 13 canarios, deje de escribirnos. No olvido, no, que tiene usted 12 años. Pero su pseudónimo y el riguroso luto que dice llevar por *Solterón* contornean una estatuita poco excitante. No soy prejuiciosa, si bien me honro de ser pre, pro, ex, ut y post. Por otra parte, ¿cómo podría yo acostarme con usted simulando ser *Solterón*? ¿No exagera usted el número de favores que reclama desde su carta? Su carta, sí, en la que parece ignorar mis honorarios para casos «especiales». En fin, si logra robar un poco de dinero, escríbame inmediatamente.

La llegada de Alfeo constriñe a laloc* a enderezar su peplo. Satisfehaciente, el vate la palpa y la dice:

—Mi Concha, ¡eres la eternal visión del Ideal!

Respondeloc:

---

* La locutora.

—En Frigia nací, mas en la Hélade me eduqué. Empero, ni una rosa de mármol de Paros podría enfriar este corazón donde había el *doppelgänger* de Torquemada ni este cuerpo enardecido por los hormigueros de Loudun.

—¿Te engripaste? —dijo Agrippa d'Aubigné tomando un camino tan erecto que la extenuada debió sentarse encima del susobicho.

—Eres mi lírica sueñera y ofrendo mi virginidad en aras de tu varonía. (Firmado: Concha).

—Sois una rimadora cuyo envase deja atrás a Atalanta —*dixit* Happy Fofo en desabrochadura.

En el amueblado amusical, Teófilo vio por el ojo de la cerradura que él y ella se esmaltaban los camafeos.

Dijo laloc:*

—El pájaro loco es una idea fija. El pajloc se muda la sombra hasta la sombra. Chúpame la cajita de música. Cháu.

—Es tiempo difunto y con sombras intrusas —¡y los ayeres y los mañanas!— aquel en que tu pájaro loco no te convierte en un pintor de brocha gorda.

—Fuera del niño músico y su elegía al maelstrón, los otros son esto y esto y esto.

—¡Oh! —dijo un urutaú así de chiquito.

—¡Culos de otrora! ¡Culos reserva 1492! ¡Culos rayados por los cruzados!

En Jaén, tres cigüeñas duermen con la pata alzada. Cada vez que alguien dice «puta», cambian de pata, en Jaén, en un establo para caballitos de madera. Acércate, lector mío, y mira la bañaderita donde se baña un pajarito a quien una canonesa exhorta:

---

* La locutora.

—No seas hereje, San Vito, como ese rompecabezas que al reconstituirse manifiesta el sobrenombre de Dios.

—¿Se puede saber cómo lo llaman? —dijo Vito chapaleando como Chaliapín disfrazado de Vito Dumas.

—Lungo. Pero por favor, Vitito, salí del agua, te me vas a engripar, no juegues con la salud. Venga, mi Pitito, venga con su negro carrousel en donde lo van a entalcar, a perfumear, y a un montón de cositinas más.

—Soy el hijo de sheik —dijo Vitito.

—Y glob —dijo un urutaú.

—Y pif —dijo sin su gorra el gorrión.

—Y paf —dijo un jugador de ludo totalmente ajeno a nuestro texto.

—Córrase, diga —dijo lacanón.

Y Vitito:

—¿No ves que te confundiste de cuento? ¿Por qué no te vas a pirandelear a la cucha de tu hermana?

1970

LA VIUDA DEL CICLISTA

a Félicité de Choiseul-Meuse

Está el otoño, Señor, sobre mi vida, y todavía, Señor, no logro olvidar ese chiste malísimo que, en el verano de 1893, nos infligió esta patasanta en Haït-les-Bains, a un grupo de argentinos que tomábamos sol sin decir oxte ni moxte. Estábamos Eduardo Mancilla, Eduardo Wilde, Eduarda Mancilla, el segundo triunvirato, un indio ranquel, Ulrico Schmidl (supuesto amante de Isadora Duncan), un indio prendido, un indio aranculo, un indio cano, Leopoldo Lugones (supuestamente amante de La Sobaquinha), Andrés Bello (del brazo de Tórrida, su prometida), Leandro Alem, Parquechás, Chiclana y el Bebe Campo de Mayo.

—A ver si hacés un poco de mutis, pedazo de medio y verde pelo recorriendo la Costa Azul en bañadera —dijo la noble coja o, mejor, la blenojaco. Y arrodillóse no sin agregar:

—No me arrodillo ante vos, mierda que te verdo mierda, sino ante la mierda de la humanidad, a la que también le duelen las putas, no vayas a creer.

—Puta que veo, puta que creo. Ergo: hacete a un lado, aborrecida —dijo el meridiano de Greenwich objetivando un esputín de verdín color sonámbulo. El mentado no cesaba de esputar porque no cesaba de chupar morosaverdemente una papa-creasoda, hélas.

—Víctor Hugo era un loco que se creía el Benjamín Constant de Vieytes, hélas —dijo Cojapícora o Jícora de Alcoganda o Las Aventuras de Cójaca a caballo entre cobayos, jíbaros y tarahumanas.

—Coja que medra no mierda —jactóse la jacto—. Jicorar con un buen coro, humoro; pero jibir bajo un jibarita, es divinox. Moraleja: en caja de coja, carcaj al carajo.

—El Pigmeo meó a su antojo después de ponerse los anteojos —dijo el pericolador de todas las indias.

—Nas Noches —dijo Hernandarias guiñando un ojo a Hernán Cortés.

—¡¡Noches!! —chilló la malcojida anotando en su diario:
Jimmy tú mon fé
dans ma larinx
en disant ¡¡Soirs!! A l'adoré H.

Péric 32 rió como el Divino Marqués, es decir a carcajadas.

—¡Sádico! ¡Sá Miranda! ¡Zazie dans le métro! —chilló, dando patadas como Platero y yo, la que si se buta y se coño contra la ventana se jode con su flauta de jade que *no* elogió el marqués de Jade.

El pisaverde anexó a su risa el canturreo refunfuñado de *Para Elisa* que solfeó con voz de parca menor:

—Mi-rémi-rém-mí-sí-ré-dó-lar... —interrumpiéndose para gritar:

—¡Oh mon adorano H.! ¡Bú-bú-bú! ¿Y tan sólo porque soy chiquito y no puedo decirle algo a H.? ¡Bú-bú-bú! Mon Hadoré Hodorono Rivadavia: c'est muá! ¡Bú-bú! Muá. Bú. Mú. Mú. Soy búbú-bú. Soy Ernest Hello. Soy Hello-Ice debajo de Abe Large. Soy el que le chupó las medias a rombos a la locura, soy Orgasmo Derroterdamcul. ¡Mein Goethe! Soy Bertoldo Bertoldino y Cacaseno. Soigneur dés, un coup de dieux n'abolira pof la lézarde. ¡Búbú! *Ad coj*. By, Odorono! By, & beri-beri matches. At what flower are you open?

¡Noches! Voyagez a Istmancul. Visitez le tomboctcul de mon oncle Cul. Yes, Mary Smith. You are so sorry as Norma and he is glad as Aida. Verdi que te quiero Verdi. Yes, Norma and Aida are laloc.* And now, that's le cul de Mr. Chú & this is le chu de Monster Cul.

Perfecto payaso enharinado, Perogrock exprimió su boina de la que cayeron 6 gotas para retribuir el saludo del Dr. Chú quien arrancóse la soledosa trenza para honorar inclusive en el saludo al dueño de la verde cháchara.

—La noche tiene mil cojas —dijo el Dr. Chú al barón Mony Verdasco.

---

* Laloc: la locutora.

—Ahora, a esta hora, los coroneles oran en Orán, a la sombra de un orangután —dijo el ciclista etíope o el ciclíope pasando una mano de pintura por la estrecha bicicleta de la viuda del ciclista. Cíclope y viuda desaparecieron cuando, desde el Virreynato del Perú, se cayó la Coja hasta Buenos Aires.

—¡Lenguas en pena me condenaron a costurones negros! —dijo la Cosa cojiendo con hilo negro una pequeña costura en su paraguas mermado por tanto buen comer mermelada.

—Se nota que se resfrió, Miscoj —constató el falso ornitorrinolaringólogo, Dr. González Chú.

—Etónse, Mossié Ornitorrinco, güí, etónse lloré, bú-bú-bú, etónse dejé que me la dea, etónse me yevó al río, y me regaló un frasco de Hadorano.

—¡Sierpe solitaria nacida de un cólico de Adán y Eva! Mejor dicho: ¡de dos cólicos! —dijo la novia de Frogman.* El interpelado, no sin silbar el Danubio Azul en idish, entró en mi cuento acompañándose dicho silbido con el timbre de su velocípedo.

—¡Yararás! ¡Monotremas! ¡Equidnas! ¡Peinillas! —chillonó «Coja y vivan cien mancos».

—Hermanco Chú —dijo Pricles— mi prójimo librium se llama de amor viva. Se llama de tambor víbora.

—¿Así? ¿Has she? ¿Haschich? —dijo Udolfo de Otranto.

—Que los monos del otoño hagan moñitos con vuestros hocicos de vates-closet occiputos y orienputos —dijo Coja Babalú-Ensensemayá clavando alfileres de cabecita en las fotos del amarillo y del verde, los que se echaron a reír sin eludir la convulsiva belleza de la histeria, cuyo centenario celebra hoy su padre, Herodoto.

* Cf. H. Bustos Domecq, *Un modelo para la muerte*.

—Ché, Chú, si de repente aparece Frankenstein con el susobicho más parado que el Papa sentado, y si por casualidad la viera a ésta lavarse la entrecoja, entonces, Chuchito, ya no se le pararía ni para hacer rabiar a Drácula —dijo Perry Sigmund Shelley-Holmes.

—Sois Miguel Servet y Miguel de Molina, respectivamente —dijo la repentinamente llena de pelos congregando a la prensa capitalista.

—Hoy dijo *bosta* —declaró la novebosta mood-camp *ad hoy* Bosta Seller.

—Para Bosta Watson, con cóncavo cariño —dedicó Pergord Noir estampando, en una estampita, una verde crucecita.

—¡Pobre Bosta Watson! —dijo Ionesco a Bertadora Nuncan, la que fue galardonada con la BOTA DE ORO por su feliz interpretación de dos sillas en *Les Chaises*.

—¡Bostas! ¡Bostas! —recitó Bertadora Nuncan aupando su legendario vestido en forma de montoncito de bosta.

—Bosta es una bestia. Y ni siquiera eso, porque murió —dijo el animal.

Ionesco quiso sosegar a Perilesco.

—Amigo Perlasco: es Bosta Watson, el marido, quien murió. Ella, Bosta Watson, vive. Cierto, cuando el marido vivía, los dos se llamaban Bosta Watson. Quien juntos los viera, nunca los diferenciase, pues que tenían un solo y mismo nombre. ¡Peste de Bosta y Bosta de peste! Era bostial el despiole que se armaba y, sobre todo, la confusión, e inclusive —me atrevo a decirlo— el enredo. Todavía hoy día, que no somos ayer, hay giles sueltos que creen que quien murió es ella, Bosta. Y se acercan lo más panchos y le dan el pésame al muerto, a Bosta, el marido, pobre Bosta, quedarse así, sin su Bosta.

—¿Y tu hermanca? —dijo el hada Aristóteles, quien estaba justito en el medio.

—Se pescó —respondió Ensimismojarrita— una tranca y apareció en Salatranca.* Cuando baila sardanas, enardece a las sardinas. Cual jaula, el aula Alejandra Magna se llena de mancas cuando Salacoja entra.

—Tu hermanca Aula Renga sabe la flor de la arenga como Malena —dijo melifluenca, en Alabama, la Estagirita me emborracho bien.

—¡A callar, culos ligados! —picocteau la Tapette Criarde de Tomboctcul esputeando al dorso de unos sellos postales con el propósito de enviar anónimos extorsionantes a personalidades de la talla de Fritz y Franz, Laurel y Hardy, Pavlov y Pavlova, Reich y Reik, Rimsky-Korsakoff. Reconociendo con inocencia su culpa, San Pericles, comediante y sastre, estiró la pata a fin de encender la radio.

Al verlo en cierta postura aureolada por mil escándalos, todos pensaron en una frase de la bizca pero aplicada a Aristóteles:

«Pericles nos tiende un espejo en el que tenemos que mirarnos».

A lo cual respondieron con risitas indecentes algunas parejas: Groucho y Engels; la bella y la Bosta; el ciclista y el inflador; y Helioglobo.

EL GRAN AFINADO

—Conocer el volcánvelorio de una lengua equivale a ponerla en erección o, más exactamente, en erupción. La lengua revela lo que el corazón ignora, lo que el culo esconde. El vicariolabio traiciona las sombras interiores de los dulces decidores —dijo el Dr. Flor de Edipo Chú.

* La frase evoca: «Se pescó una mina y apareció en Salamina».

—Usted prometió enseñarme a pintar con un pincel, no con la lengua —dijo A.

—Ni un aforismo más. Pero estudiarás el pacaladiario con flecos de la *pittura* o los nombres de oro que configuran el vacablufario pictórico. De modo que cerrá los oídos y abrí las piernas. Ahora bien: existe, ante todo, el lacre. ¿De qué reís, panyulillita no apolillada?

—De su interés por comer «locro a la otra ogra».

—Bravo, bella pendejuela, hay que ser sensible a la lengua y a nadie más. El «locro lacrado a la otra ogra» es, en efecto, una frase magistral o mía. Además, y sobre todo, exige una operación sencilla como coger conchillas por el borde del mar. Es decir: rompés el lacre y te vas.

—¿A dónde? —dijo A.

—A comprar un *toccalapis*. Si tenés suerte, dibujarás un lince con ojos y todo. No sé cómo podrás tocar el piano con estas cosas, pero es seguro que no te impedirán lustrar las contras de dicho emolumento musicológico. Asimismo, podrás tocar a un bajo y hasta a dos. Pero si vas al bosque llevate el *organetto* (en el verano te conviene limitarte a los instrumentos de viento). Si no te gusta el pincel, servite de una pluma o *penna*, ya sea pena de la oca, ya depresión de los ánsares, o bien pesadumbre del ganso. Cualquiera te será útil para lavar una aguada en miniatura.

—¿El agua se lava? —dijo A.—. ¿Y con agua?

—Natürlich. Ya que no hay otro modo de *raschiare* a fin de practicar una *incisione* en la realidad. No olvides nunca degradar los colores.

—No soy una occiputa sádica de tres por cinco —dijo A.

La cara de Chú se convirtió en una boca abierta.

—¿Qué querés si las cosas son así? —Chú dijo.

—Lo que yo quiero es sombrear —dijo sombría.

El bocaza cerró la boca, tragó la mosca y sonrió en tanto rescataba sus demás facciones.

—Lejanita, sombrear sombras es el callado deseo máximo de todo gran artista. Pero seamos modestos y festejemos la buena suerte de haber encontrado tinta china, la cual, en Alabama de la negra demonia de la verdad sea dicho, se encuentra con facilidad en cualquier parte del mundo.

—La adula por adelante —dijo un pompón por detrás.

—En caso de naufragio —dijo el agorero— ¿sabrías servirte de una raqueta? Temo que no y lo deploro. Ardua es la ciencia de la volatinería, pero con mi ayuda aprenderás a jugar al aro, al escondite y a la gallina ciega que podemos bautizar ahora mismo María Tiresias.

—Yo... —dijo A.

—Nada de argumentos en contra. Si querés ser campeona en el difícil juego de la volanta, tenés que aprender a llamarte Violante.

A. sintió un vago designio de argüir a propósito del injusto olvido del ludo.

—Ay de aquellos que se olvidan del ludo —dijo el lúdico—. Ignorarlo equivale a una caída en la Laguna Garrafal, así llamada porque se expende en pequeñas garrafas. Pero creo que es la hora del almuerzo.

—Vé, vé, vé —dijo un pajarito dibujado con tinta china.

Chú salió como bala.

Comieron en la calle del Ángel.

—Nombre inspirante —dijo el comedor—. Me recuerda las flores que comí en Capri.

—¿Para qué comió flores? —dijo A.

—No sos más que una niña que no debe saber la respuesta a su pregunta —dijo blandiendo el páncreas de un pollo como si fuera el Santo Graal.

—Pienso en la anémona, en la balsamina, en esa flor niña que llaman *anciano*. Evoco una camelia pegada con scotch-tape encima de una dalia.

El Dr. Chú se puso a temblar, acometido por la gama completa de los chuchos.

—Usted anocheció —dijo A.—. Su cara es color *turchino carico*.

—¿Por qué no me dijiste antes que hablás la lengua del danés Dante? —dijo el dueño de un repentino prurito.

—Porque no la hablo —dijo A.—. Ahora hay un color *incarnato* paseándose por su cara.

—Decís que no sabés el italiano y me decís tamaña necesidad. Ergo: sabés el italiano.

—Nací reñida con el *ergo* —dijo A.

—Así me gusta —dijo el reanimado comilonte mendigando otra vuelta de «locro lacrado a la otra ogresa». El emisor del decimotercer eructo dijo:

—Antaño, todas las flores eran para mí la pasionaria. Recuerdo. Era otoño en Pekín y yo estaba en Capri. Me había enamorado de un blanco que se llamaba El Negro. El Negro era diáfano como el marchitarse de la pasionaria. Un día que yo contemplaba arrobado mi reflejo en una fuente, mi amigo, en vez de tirarme al agua como otro occidental de doce años no hubiese dejado de hacer, me regaló un narciso. No te apures a sonreír; nuestra historieta fue trágica como morir a los 101 años diciendo *chau* con la mano.

Con nosotros vivía una prima pobre a la que mamá designó «dama de compañía de Chuchuchatito». La prima de marras avizoró la escena de Narciso & Company. Apareció desnuda y desgreñada como 139 locas y, como no sabía el chino así como no lo sé yo, ejecutó una serie estructural cerrada de gestos y morfemas lascivodemonios. ¿Agregaré que mi prima era además muda? Señalaba su pubisterio y con furia incomunicable pronunciaba las dos únicas palabras que por ensalmo aprendió en Capri y en su vida: «capuccino» y «gratis». Pero ahora sabrás por qué te confío estos recuerdos perfumados. Porque el día ensombrecido por la muda empecé a escribir. Compuse, en estado octavo, un aforismo de apenas 50 páginas que titulé *La prímula del jardín*. Alguien elogió la largura de los anapestos; alguien, la anchura de los anfimacros; alguien, la undosa turgencia de los anacolutos (Ana de Bolena los definió para siempre). Pero yo, genio insatisfecho, adjunté, por las dudas, un glosario de 450 hojas acompañado de fotografías obscenas.

El último capítulo es la descripción de un... encima de un... y está narrado... con el propósito de... o, más exactamente, de... Esto me recuerda, pequeña amiga del viento Este, que no te pregunté cuáles son las mejores propiedades de los cuerpos.

A lo cual respondió A.:

—La trompa marina, en los elefantes acuáticos. El cubo de nieve, en las sombras de las plantas tropicales. El pozo arlesiano, en la memoria de los cuervos de Van Goch. El banco de arena, en los avaros blandos.

—Oh, comprendí la fineza —dijo Chu—. Buenas noches, querida A.

—Buenas noches, querido Cé Ache —dijo A.

Es así como se va lo mejor de nuestra vida: estudiando.

INNOCENCE & NON SENSE

Un jostrado y dioscoreáceo diccionario ilustrado ha suprimido en su decimotercera edición la voz *rictus* con el fin de poder incluir la voz *lectual*.

Los oigo reír disfrazados de bataclana, disfrazados de Pero Grullo, disfrazados de violador de hamadriades.

—¡Basta de escriborrotear, escribómanos! —dijo Chisporrotea a Casimiro Merdón creyendo que éste era Escribosta Watson.

Merdón, escritor áptero, me telefoneó.

—¿Quién es ME? —preguntó el exhibicionista que transita por las calles oscuras de este libro.

Jehan Rictus nos dijo *adiós* y otras cosas peores, no sin un rictus sardónico, y no sin gritar, entre risitas satiriósicas, la definición de la voz *lectual*, la que lo obliga —a él, a Rictus— a cambiar de ciudad con el propósito de buscar otro lugar y otro trabajo.

—¡*Lectual* es todo lo que concierne a la cama! —dijo Jehán Rictus. El chambergo se le cayó rodando, haciendo repentinamente visible una especie de sombrerito hongo color magenta con plumita sombreada por una sombreadora que te somorgujara en una vespasiana, horrífico lector, si te reías de los sombreritos de Rictus. Porque a su vez el sombrerito hongo estaba encima de un sombrero de copa o chistera.

—Mucho nombrarse «la sombreadora» y «la sombrosa». Mucha prosa en alabanza del sombraje. Pero no sos más que una sombrerera —dijo Cojca repartiendo sombrerazos a troche y moche.

—¡Silencio! —gritó O.

—¡Silencio! —volvió a gritar Ho.

—¿Qué significa esta titiritaina? —gritó erizada de pensamientos como tics, como tocada por un amor desdichado por un titiritero titilador que titubea cuando está desnudo porque él no es ese muchacho volatinerito que adora los galicismos, en particular éste: TODO AZUL. No, no es Todo Azul quien así se titula sino que se trata de Toffana,

Toffana,

la inventora del *agua tofana*, especie de orina de tritón con sabor a triaca (Critón, ¡un tritón!).

Poseída por la desmesurada tiritera, la pobre Aspasia tararó solita un tiritera, la pobre Aspasia tararó solita un tiritirí que bailuzqueó con un Pericles recorrido por los más altos tiritones.

—Enfocá a la enflautada. Está enflorada y si no te enfrascás en su persona, si no te engolfás en sus asuntos, si no te enfoscás como una fosa llena de focas en sus paredes empavesadas, la verás henchirse por un furor que la emberrenchinará hasta que, TODA LILA, se vaya con los gitanos a andar caminos —soles y lluvias, pasar trabajos— mudada una vez más en:

Bárbara la endechadora.

—¡Soy hijo de la ensalzadora de Salzburgo doña Urraca la Paragüera! —dijo Peripalo.

—Y yo soy la falible de Falondres —dijo Aspacia—. Al nacer, me dejé coger por la noche. En la selva dentafricana, los indios gagá me ataron culo contra culo a la Mère Lachêz-Tout, la meretriz oculta del samovar, a quien yo acompañaba al pihanon con mi corneta color czerny. Pero por culpa de un moño culorado que me cubría las vergüenzas, fui cogida por un toro con cascabeles en c/test. —valga la redundancia. Tamaño *tohu-bohu* disgustó a las tribadas de la clase «haute» (tan enemiga del nomadismo y tan roma cuando habla de Francia). Por eso los toros a bulas de campanicas de oro llevan, desde ese día, un trapo de percal amarillo (color elocuente que simboliza la mierda) con el que rodean su pitín tabuado. ¿Cómo ocultetarte, Periculín, el menor de mis Picadilly's? Megère y la que suscribe (estampilla fiscal) cedimos a la tentación de coger a mano el chorrito del líbido que nos chorreaba en la batea de estribor.

—¿Estribor? ¿No dijiste más bien escritor, escuchador, escuchimizado, escudriñador, escupidor, esenciero, esfíngido, estornutatorial o, digamos, estreculiestrellamar?

—¡Oh, amado! Déjame llorar chiticallando. ¿Decirte qué cosa quise? Sólo sé que Memère y yo trepamos, cual gorilas, por las cosas.

—¿Cuáles cosas? —dijo súbitamente custodiador de un serrallo verde.

—¡Oh verde violador de hamadríadas!

Perfumicles estaba fumigado de cólerra.

—¿De modo que la hetaira que en las noches de mucho amor giraba los brazos como dos Aspasias locas resulta ser una Caca Panel de Pacocotilla?

—¡Pero midosilasol querido! Olvida y perdona algo que pasó en el siglo vi. Ya nada queda, ni siquiera (risas nerviosas) el chewwing-gumm que Minette masculeaba para no gritar como Popea en brazos de Pope. ¡Juventud divisa testuz!

—Mucho hacerte —hizo Perrocles— la nena pero con esas tetas que tenés podés vender ballenitas a los bananeros y ballenatos a los ballesteros y baldaquines a los baldados y sabañones a los bañistas y banderolas a los bandoleros que mariposean a la bartola cual barraganes (magüer barruntan los chistetes de la barra El Barrilete). De modo, srta. bastetana, que tu batahola bávara del s. vi es digna de una burriciega como la Silla Lachaise, tu amante rebuscapitos que se cree fernambuca y no es más que una ferretera que se acuesta hoy con un feldmariscal, mañana con un fechador, pasado con un filatelista, luego con Felipe Derblay, con los tres mosquitos y con el padre y el hijo de Dumas padre y de Dumas hijo.

Se basaron con ración —¡oh los amantes autumnales, oh las malojas mamertas!—. Alabaron en acto el maltusianismo de los indios mamelucos de las Molucas. Compadecieron a los prostáticos que comen por dial una porciúncula de sopa de cabellos de anculo llena de pospelos magüer el esfuerzo de los pesalicores. Mientras comían emparedados de aspid, habló Aspasia con voz atabernada:

—Yo era como una niña que mira el mar por el ojo de buey y quiere mirarlo por un ojo de toro, por un ojo de perro, etc.

—¿Dónde está esa niña?

—?

—La del mar por un ojo de toro.

—No sé. De tantos niños las noticias se pierden.

ABSTRAKTA

I

—¡Estúprida! Con esa patita de rana que te van a mandar como por un tubo a la misma mierda, corrés parafrenética. Es pura prisa, eso. ¿Adónde querés ir, Patafangio? Derechito a la mierda con tu quesíquenó que sólo dice *tralalá*.

—Clausurar picoloro. Los vecinos dirán. Ayer en la percha y recorrido por chuchos, parecías un anticonceptivo de gutapercha. Y hoy, ¡zas!, el mierdapercha se traga una papa papórea y ya se lee las *Memorias* de Perulero Papiro encuadernadas en papirino con una parapajita a modo de señalador.

—A ver, Coja, si me dice de nuevo, pero más despacio, cómo vienen esas Memorias.

—Amigos de Occidente: aquí tienen un pajero amarillo. Es más pajista que la paja —pajeó el Peripajita saludando a la Areopagita.

—¡Ufa! ¡Una gallina! —dijo Lacoj.

—¿Qué querés, gallo? —dijo Zacarías.

—Anunciar a D'Annunzio —dijo el nuncio canoro.

—Apriessa cantan los gallos —canturreó la culta latinicoja encerrando al nuncio y a D'Annunzio en la sala de ser y estar. (Nunca más nadie volvió a verlos. Se habían ido, se habían mudado, se habían muerto).

—Tenían Saturno en la coja primera —dijo el doctorchú.

—Ché, Saturcho, ¿qué se fizo del loróscopo que me prometiste? Mi animula blandula vagula necesita su loroscopulo poropio *hip & nunc*.

—¡Periculo! En mi puta vida he tolerado abuso de confianza para con los amigos meos. Ay de tu verdaje si volvés a llamar Saturcho a este saturchino de mierda.

—¿Vé? ¿Vé? ¿Vé? —dijo el verde párrafo poniéndose cuatro pantuflitas y una camiseteta muerta de frisa.

—Mañana te digo tu horoschata —díjole el chato Chú bebiendo horchata de una chata.

—Pedrito Oslo agratecerá. —Y lo miró al mandarín que los demás pensaron en los ojos prohibidos de las cantoras nocheras que van y vienen por la Calle de la Trovadoresa.

—El sólo verte viéndolo me justificaría si de repente te dejo sin traste —dijo un pobre trasto triste o la triestina etruscoja.

—*Paramaban papita oculos* —cablegrafió Pericles a Demóstenes.

—*Imposible, stop, dentista, poner corona en piedra, stop, muchojo, stop, cuidar culos, já, já, já.* Demóstenes.

—¡Callar, rufianes! —dijo vejtida de cojaco.

—¡Dr. Chú! —dijo Aristóteles entrando y no saliendo.

—¿Por qué me busca, Tote? —dijochís estornudando.

—¡Oh! —dijo Tote.

—¿Qué indecible farfullás? ¿O acaso te rompieron el culo con tu propia varita? —dijo Peritabú.

—¡Oh! —dijo Tote.

—Ché, no te hagás la que no fue y contá —dij Coj.

—¡Un libro! ¡Ayer! ¡Lo escribí! Yo miraba TV cuando: ¡pfffffffffff! Cubrí la agendita azul con conceptivos y conceptitos.

—*¡Tu quoque locuta puta!* —dijo, disfrazado de Cesárea Bruta, el Dr. Chú.

Pericles saltaba de percha en percha sin prestar atención al hecho de que no había sino una sola percha.

—Doctorchu, del dichu al hechu hay mucho trechu. Acá no entendemos tanta cosa. Y sobre todo ¿qué van a decir los lectores?

—Pedrito se caga en los lectores. Pedrito quiere lo mejor para Pedrito y para Pizarnik. ¿El resto? A la mierda el resto y, de paso, el sumo. Porque Pedrito se caga en: lectores, ubetenses, consumidores de triaca, tintineadores, atetados, tetepones, tesituradores, tetrarcas en triciclos, popes opas con popí de popelín y —dijo Petroilo y bailó un tango hasta que se cayó de culo.

—¡Oh! —dijeron las damas. Pero la flecha del niñito ciego sólo se calavó en Chí, quien —chuno túpuco— así peroróse a sí propio:

—¡Ojo! ¿Si Plexiglás responde Noh? Ojochú. Urdí en forma y luego perorará hábilmente acerca de Eros. Así verás si se parapá allegro vivace su paraligeropezculiferineo o si deviene una quisicosa visigoda y cacarañada como los monótonos culos occidentales conque dotó Renoir a sus «señoritas tocando el piano».

—Si yo escribiría pergeñaría una bibliografía de Ana Bolena —dijo la decojitada.

—Anaboluno tiene su gusto —dijo Leon Chuoy sonriendo como Ana Karenina.

—Pedrito quiere papitas con anchoas andróginas —anexaron Merdocles y el león.

—¿Te callás, pedazo de mierda rotativa? —dijo la coja escogiendo una anchoa en la rotisería de la reina patoja.

—Soy el andrófobo, el príncipe verde en su percha abolida. Mi única papa ya la he comido y mi pirulín muerto revive al sol tuerto de mi redonda tía —dijo Pericardo de Nervicles.

II

—Chú es un erudito pero Pericles es otra cosa —dijo un pompón colorado.

—El vacío es el elemento en que viven más a gusto los intelectuales —dijo T. S. Chú.

—Corta castellano como Juana la Loca —dijo la pompuelita del pomponcito colorado.

—¿Y la lordosis del lord? —preguntó Perilord, un gracioso pisaverde que acaso volveremos a encontrar.

—Mejor, gracias, querido Pericles —dichú.

—¿Por qué dice el diccionario que soy un «ave prensora»? —dijo el «ave prensora» mientras se sacaba las gafas y se secaba los ojos, pobrecito.

—¡Pobrecito! La envidia de dedos color sepia reina en los cuatro reinos que son tres: el animal y el mineral —dijo un chuansioso por estarse a la sombra de un Pericles en flor.

Rabiando que ni Pasteur, la Coja daba zapatetas en el aire:

—¡Grr! ¡Putos! ¡Grrr! ¡Putos!

—Uno Coja bien, soporta; mas su antípoda, no —dijo la Estagirita entrando y no saliendo.

—Permitime, María Escolástica, yo seré una nada pero vos no sos quién. ¡Ufa! Desde que publicaste el Organón ya no saludás más al entrar y no salir.

Pericón rió.

—No bien me leí el dichoso Organón, me llené de caspa y de eudemos. Ahora me resulta nicómico pero en su momento me dio tanta rabia que peroré sobre Aristómenes en el Club Amigos del Falso Averroes.

—¡Loro latero! Ni siquiera leíste «Patoja y yo» —aseveró severamente la Sanseverina.

—Deje que perore, amicoja. De sólo oírlo, gozo. (Chú).

—*Ad pajam* —dijo Perifreud.

—¡Alsucio y loroano! —dijoc.

—¡Lueñe lengua luenga! —di Pé-Pé—. Y si les cuento a los amigos cómo saltabas en bolas pero con guantes largos, en el hotel Loretano, en Lovaina, con ese lovaniense que se meaba de risa al verte con los zapatos ortopédicos, guantes y anteojos saltando y chillando «a la lata, al latero, a la hija del chocolatero»; y el tipo te señalaba con el índice y pronunciaba: «loxodromia» y otra vez juá-juá y entonces decía «loxodromia» y de nuevo la risa hasta que.

—¡Paquete de mierda extraviada por un hipopotamito con lúes! —dijo la que amanece cojeando.

—Si querés quejarte, pedí en administración el Libro de Cojas —dijo Perry Key mientras su manager le rizaba la verde cabellera elogiada por Liberace y por la revista Planète.

EN ALABAMA DE HERACLÍTORIS

—Para últimar —pam-pam y también bang-bang— a los que creían perros atorrantes en las casillas prefabricadas de su mente y que son los que cuando se desparten para ir a mirar el Partenón organizan las formas acres de sus boquitas en formas de culos de gallinas.

—Aliverde, esta noche te agarra el presidente de la sociedad internacional de hombres de la bolsa. ¡Oh, porquería del color de la monótona esperanza!

Zacarías jugaba al rango con la Marquesa de Villeparisis, la cual, acuclillada, obligaba a pensar en un viejo que, sentado solitario frente a un espejo, se burla de la silla.

—Nicomaquino, no comas con la boca abierta, ¿qué va a decir Emmanuel Kant? —dijo Tote con el corazón destrozado.

Con los tristes restos de lo que fue un corazón, se sentó junto a Chú.

—Por lo menos Vd. es culto —dijo María Escolástica.

Como el chino universal no respondiera, Tote mirase la culiilícita careta del Chú. Horas después, con gestos de autómata iluminada, se autolió la entrepierna del medio.

—¿Por esta pavada ponía Vd. cara de pastilla de menta?

—Gracias a Vd., Madame, quisiera regresar lo morfado, lo cojido y lo cabalgado.

—¿Por qué? —preguntó la madrina de McLuhan.

—¿No comprende la relación entre la cánula y la teoría de la comunicación?

—No niego que lo que aquí se huele no es inferior a la mierda —dijo la ñ.

—En efecto. A la mierda —corroborobó.

—Amiel no erró —dijo Tótele.

—A la mielda velde, cuchillo de pelos —dijo Jean Pedritoné, comediante, mártir y sastre.

Conmovida, la Coja se le acercó con un plato de papita.

Entonces, Borges, alcé mi patita munido de un puñalito.

....

—Espichó, espiroqueteó y parece el maestro de Ho —dijo nuestro héroe sacándose los guantes.

—Y qué —dijo Flor de Chuk— hay un gil con un ojo revuelto que quiere escribir un libro para que no te amuren la percha. El coso dice que la culpa de tu crimen es de la sociedad puesto que ella te dio a luz huérfano, periquito y pobre, o sea te jodió *ad jod*.

LA POLKA

> *Tom Plump gets married, and dances the Polka with his wife.*
>
> *Adventures of Mr. Tom Plump*

> —*Dis-moi comment tu polkes, je te dirai comment tu...*
>
> Duncan Perros,
> *La polka enseignée sans maître*

a Alexis Piron Ashbee

Resulta de que Coja Ensimismada fue a Nueva York por un día. Si el lector (o no), que los hay (o no), preguntase con su consabida (o no) voz gangosa (o no):

¿Y qué fue a hacer (o no) a Nueva (o no) York?, nosotros le diríamos, redimiéndolo y remedándolo:

—Fue a la capital del cheque pues habíase enamoriscado de un clergyman de pito arromadizo que durante toda la travesía había cantado el muy felino: «Cuando te veo, siento en la sangre un hormiguero de percherones». La rara risa de Cojright turbaba a las damas enturbanadas por un no sé qué de Calibán, que diría el bueno de Peladán.

—Má qé «Peladán», mister! —dijo Cojagood—. «Te la doy» es la única expresión correcteta y no hay tu tía, ¿you cojesme?

El canalla del capitán vestido de canillita, risueño cual cigüeña, saltó como un gorrión y gritó al pasajero pajero: «El Danubio entró en erección».

Prosternado ante la Ulalume pampeana, salúdola el clergymnasta:

—¡Ave! Good morning, darling! Miss Coja, que nuestros nietos, que hoy encargaremos sin falta, no digan al ver nuestros retratos: «Esa barra de mierdas son solamente dos tutubeantes que la cagaron a la hora de la sonatina». Poco le prometo: soy hombre de mucho cogollo pero no me las doy de gallo, ¿entiende, carita de ganzúa?

Poco faltó para que Coj-Coj no se tirara por la borda como Theda Bara, Lon Chaney, Gloria Swanson, Grazia Deledda, Bela Lugosi y Leopoldo Lugones. Empédocles, que estaba en pedo, dijo:

—Peresidientes del poker pejecutivo de la Res Púbica, nuestro país es homo...

—¡sexual! —gritaron.

—géneo, burutos. Nuestra apatria es homogenual. Quiero decir, estimados fantasmas recorridos de cólicos, que todos somos iguales.

—¡Brave! ¡Pish! —dijo la mame Gruau.

Inmediatamente, Bibí Draisina, el virtuoso sin manos, se sacó la bata y agarrando la batuta (no hay bata sin batata —dijo el Papa), dirigió la orquesta de la armierda:

—Homogenual, ¡qué grande sos! / Mi Co Panel, / ¡cuánto cosés! / Merdón, Merdón, / Merdón, Merdón / para pa pá / pá pá pá pá.

—Mirá viejo, qué querés que te diga.

—Nada, por favor.

A pesar de todo, la Divina Comedia continúa en los bajos fondos de la vidurria. No sé si dije que en Carhué María Escolástica perdió su corazón al escolaso. Pero sé que dije en admirables y estupendas proposiciones que la Oja cojeó *de cujus* hasta no dejar títere con cabeza. 32 veces por día corríase al camierdote del cogyman, quien en seguida le daba tarros de alpiste. «¡Qué tarruda soy!», decía la cotorra acariciándole el canario percherón.

Los amantes del 32 parecían, abrazados, una urna electoral. Para colmo, vinieron los pintores. Como para pintar el cotorro del crérculo habían hecho un batuque de la moroshka, los sacaron a todos a patadas, con cotorra y todo. Pero la coja no se amedrentó ni dejó de medrar por unas pinceladas superculíferas y otras nietzschedades. Aprovechando el *quid pro quo* se disfrazaron de silla papal, con lo cual andaban dinoche y nodía de cújito turral hasta que el otario se dio cuenta que de 32 habían alcanzado el pedigree de 64.

—¡64! —gritó Bosta Watson tentando con un lápiz de carpintero la perla que sabemos.

Nadie la repudió pues nadie la reconoció, vestida como estaba de mujer-sandwich (así como Pesta de hombre-pancho y Ejecuta de mujer-berro).

(En Jaén, las risueñas cigüeñas saltaron en sueños como saltaría un trapecista de trapo que nunca viera un trapecio ni un trapense).

Un pasajero gritó al pajero: Sá, tené ojo, mirá que el Danubio entró en erección.

Hicieron un baile de presentación de las niñas de sus ojos en saciedad a pene ficticio de las óptimas del desartre. El vivaracho Clergy aprovechó la coyuntura para encajamarle una peneliza a la moñacojeña que la dejó con la sartén sin mango, meando fuera del tero y gripando como el loro pando de Pandora, la dorada Pavlova que gracias a Pavlov pudo darse una ducha en CuchaCucha.

—¡Me pegaste sin ninguna vergüenza! —dijo la símil de Emma Gramática.

—¿Así que te gustan los que no priapitman? —dijo el que silbando polucionaba a cuadritos.

—¡Nada de malentendidos, pedazo de wittgenstein! ¡Yo Alabama la flauta y el muy canario me malentiende! No me gustan los que-nó, negro mío. Sólo me gusta tu turututú que tirita como un urutaú.

Un mes después, Lotario aumentó a 83 las veces de abrir y cerrar el frasco. Pero también aumentó la biaba: 6 por nodioche. En cuagando a nuestra Coa, dulce como una boa, digo como una cabra, y enredada a su mishín como una cobra, parecía Catalina de Prusia poniéndose hodorono en las supersticiosas axilas que comentaremos exhaustivamente el año próximo pues razones ajenas a nuestra voluntad impiden un desarrollo conspicuo y pingüe del tema.

El Cisco Kid de la cuestión fue formulado por el Niño de los Pitos, novio de la Coja:

—Un clargyman, si ama a su papusa coja, le sacude una biaba que arrastra con el Papa, con la pluma y con la concha, ¿me oíste? Porque si no me escuchaste te voy a dejar como untada de gomina, durmiendo en una percha definitiva.

—Como mi loro —dijo riendo por primera vez.

ANUNCIO

¡Fumecalibán!

—Calibán, un cigarrillo para todos.
—Si es para todos, será la muerte.
—Francisco, no se apure.
—Me apuno.
—P fav, Fr.
—Mierda.
—En fin, hace circular mi cajetilla de cigarrillos. Un indio aranculo aceptó uno.
Creóse un grisáceo corro de fumadores azules.

Acompañado por su oscuro paje, Cristóbal Quilombo penetró en el quiglobo. Allí, la Madama fustigaba al bramaje que pedía pan con manteca.

Sigo con *Calibán*.
El primer cambio de impresiones se produjo.
—Voces. ¿Qué quieren de mí las voces? *Chapá tu bufón*, decían. Le canté las cuarenta ladronas. Luego, ya podrido, le canté cuatro frescas.
—No comprendo.
—Le dije lo que tenía que decirle.
—Pero lo mataste.
Sonrió enigmáticamente.

Acto seguido me regaló un cigarrillo color mierda que examiné al microscópek: encontré tabaco. Su sabor era algo turbador. Por su humo hube de apreciar su perfume. Ello me hizo comprender, no sin bonhomía, la idiosingracia del hombre que, a pesar de hablar con gerundios, me dejó chupar su singular cigarrillo.

Es así como se me reveló la soledad del hombre de mi tierra.

Yotúélnosotrosvosotrosellos fumamos CALIBÁN.

Madame Destina, la vidente, sugiere:

Que seas el tarrudo bacán que se aboca sobre el pucho y lo acamala.

Imposible no invitar a Marcel Duchamp:

Quand la fumée de tabac sent aussi de la bouche qui l'exhale, les deux odeurs s'épousent par infra-Mince.

Rose Scélavy nos inculca:

Un CALIBÁN se fume,

y un caníbal se esfume.

Gardel atanguece:

¡Viajá a Nueva Calibania!

Leopoldo Bloozones cacofonea de esta suerte:

¡Bufe Fumanchú!

A lo cual responde Concepción Arenal:

Y, por último, Sir Walter Raleigh:

Gracias a CALIBÁN, Mme. Blavatsky tiene ojos de gavilán, como Peladán.

Cortina musical: «la deplorable rumba El manisero».*

El coro de los pintores sin cara cantó:

Las chinches repiten a gritos:

¡Compinches: cigarrillos con pitos!

---

* Borges: *Historia universal de la infamia.*

CINABRIO EN CIMABUE

Como a otros les duele el culo, a Grigori Efimovitch Novy le dolían las rosas.

Gregoria Malasuerte

I

¡Cinabrio en Cimabue!
Hace tiempo que tengo ganas de escribir una cosa importante con este título.
Coco Panel levantó la mano.
—Pero Panel, ¿otra vez al baño? Ya le dije que en mis cuentos no hay baño.
Panel sonrió barbazulmente. Dijo:
—No baño. Baño, no. Sólo pedir que diga qué quiere decir Cinabrio en Cimabue.
—La proposición queda descartada por sugerencia de la dama de bastos y del rey de loros —dije tras consultar a Destina, mi vidente de cabecera.
—Los escritores jóvenes no respetan las canas —dijo Panel pateando de despecho una pelota de encaje que ella misma había diseñado en 1898 especialmente para don Miguel de Unamuno. Pero una patita muy hábil, que nuestro lector estrechará con emoción, desvióle la pelotaris, que rebotó euskuramente para terminar incendiada en el Bósforo.
—¡Hermana! —dijo.
—María Anacrónica, deje las pelotas en paz —dijo Delfor Pericles acercando su oreja a una radio a trance de tesiturador que se dilató y se contrajo como un acordeón y como el yo de Baudelaire cuando resonó el unánime grito:

—¡GOOL!

—¡Gool de Pedrito! —digool Pedrito mirándose de hito en hito en hito en un espejito sin dejar de saltar en puntas de pie como una verde Pavlova.

Fue entonces cuando vio algo del color de un dólar que se estremecía como si fuera presa de la fiebre del oro («mis ojos habían visto mi jeta» —anotó en su diario el fiel Caracalla).

Como no se le ocurrió pensar —puesto que, entre otras cosas no pensaba— que *eso* podía ser *él*, guiñó un ojo y vio, consternado, que la cosa extraña del espejo también le guiñaba un ojo a él. «¡Marica!», musitó. Descorazonado y menoscabado, reunió sin embargo una cantidad válida de saliva. Luego, con la gravedad ceremonial de un arquero *zen*, la proyectó contra el fantasmita color esperanza.

Pero la radio —esa abortadora de aventuras metafísicas— tornó a dilatarse y a contraerse cual abanico (por no mentar el coñito de cualquier cuáquera) al punto que todo lo existente tintineó por obra y gracia del término GOOL que emitieron voces otrora humanas. Saltó nuestro héroe (pero esta vez cual verde Pavlov) y desapareció con entusiasmo del espejo («desapareció con entusiasmo el espejo», anotó en su diario el fiel Caracalla). Sordo a las voces que anotan misterios de tres por cinco, Peripsey se autoproclamó primer gran campeón de Papita Plate. Aquí lo tenemos con nosotros:

—¡Basta, muchachos! ¡Está bien, muchachos! Nada que ver, Mr. Smith. Una vez más mi juego fue limpio. Sí, tengo novia. Nada de fotos «íntimas». No, el dinero es un medio no un fin. Ni comunista ni conservador: ambos extremos son estúpidos e incluso bestiales. Por eso les hago saber que el 1 % de los 32 millones de pesos ley que me incumben por mi neotérico título de *gran verdroforward*, el 1 %, recalco, camaradas de la mutual Verdurita, ese 1 % será para comprar todas las acciones de la prensa universal a fin de prohibir que se publiquen las noticias de índole práctica.

Aplausos. Aclamaciones. Ovaciones *ab ovo*. Puesta en las nubes. Pesadas admiradoras se abalanzan sobre el campeón gritando paroxísticamente y logran arrancarle una, dos, tres, cuatro, cinco plumas, a pesar de la custodia de más de un vigilantes disfrazados de arqueros y munidos de pitos de azúcar (o sacarina), de mangueras a emisión de leve perejil que adorna un día al vencedor adolescente y cubridos de bonetes de papel picado con borlas de papel de stress, pompones y picapleitos de urutaú.

—¡Ha! —gritó Estoesvida.

—¿Es esto vida? —dijo Ehéu, por ejemplo.

Con prisa y sin pausa la poli barrió con la chicada hasta que el estadio se desmoronó.

—Amigos, o se cayan o qué sé yo.

(Protestas. Dogmas. Al verde adalid se le cae la baba, digo la papa, digo la bapata, digo la batapa, digo).

—Dejen que diga mi perorata. (O: dejad que mi crepúsculo esté colmado de dolores).

—¡Tienen una melancolía los pálidos jardines! —dijo J. R. todo sudado.

—¡Que se calle Platero y yo! ¡Que hable el loro universal!

—Muchas Grecias. ¿Cómo? Nada de amores con cierta bataclanita. No soy don Juan ni Trimalción. Soy, apenas, el arquitecto de mi propio desatino. ¿El qué? ¿Coja Ensimismada? No la conozco.

(Risas de Pericles. Risas de Chaliapín. Risas de Krishnamurti. Ramo de risas).

—¡No la toques más que así es la risa! —gritó un barbudo.

—¡Háblenos de amor! ¡No nos dea la espalda! —dijo el directorio de la United Press.

—Má, ¿qué amor? Si no quieren que los enjuicie por columna, sepan que esa señorita —Volumia— no es más que mi ama de llaves. ¿Lo qué? Claro que me refiero a la Coja que limpia, fija y da esplendor a mi percha horizontal «chiche» con vista al río, canilla, comedor de diario, baño (en el baño, la lorita Kitchinette suministra papel, jabón, y toallitas higiénicas —o no— a los pibes del barrio así como material de lectura a los menesterosos).

Vítores en loor del Tigre Mira Bob, digo del Loro Bob, digo del lobo Ror (hijo del rey Bor, del rey Bro y de la reina Orb). 280 ancianas en 280 triciclos pujan por llegar a Él y besarle la patita. Cien granaderos a caballo las pisotean y las bostean.

II

Aplausos, pla, pla. Biseos. Ovaciones, beh. Vivaquerías, mú, mú. Reparto de moños y remate de un triciclo color magenta. Un gaucho baila la danza del vientre. Averroes lo mira estupefacto.

—Hay una errata —gritó una croata.

Una enturbanada saltaba como potranca mientras gritaba crepitando.

—Se trata de Cora de Babear, la castradera —explicó, entre sombrerazos, un gordo.

Probó Cora mostaza de Dijón:

—Jijón —dijo.

Agregó Cora:

—Cocora.

Y también:

—Un hijo putativo concibió, en la India, Nueva Delly cuando, de súbito coxal, se encamó con Peyreflit, a quien Coco Panel rompió el sacro creyendo —la pauv' miop'— que ese gordo era

Chanel, padre de los famosos tailleurs, padre además de Marcos Sastre y de Jean-Sol Partre,* en cuyo comedor de diario la Gorriti cantó por vez primera el Himno a la Innidad de Mariquita Storni y Concha Garófalo.

(Nota de Concha: Lo de *Garo* es por los chicos de la censura. ¡Iujú! ¡Vean lo que me estoy tocando sin que se dean cuenta! ¡Iujú! ....)

La tiple Concha —quien al ver a los censores puso cara de llamarse Manuela— no vaciló en gritar *tierra* el 12 de octubre de 1492, en el momento que los hermanos Pinzón se cayeron de culo mientras bailaban *Cascanueces* y en que Colón cablegrafiaba a Isabel la Apostólica, quien empeñó los pompones de su cinturón de casticismo a fin de sobornar a la lavandera que Belgrado encanutó en la victualla de Concha Cuadrada en la cual Cisco Kid se asoció a Vito Dumas para filmar el «Buffalo Bill» de Alejandra Dumas con Rubén Damar en el «pan-muflisme» y Emma Gramática en el papel de lija.

Pericles bostezó. Diez años después de ser el mimado huésped consecutivo del Prof. Freud (19, Bergass.–Wien), donde se divirtió como tres mujiks con dos canutos, ora jugando con el gran sabio al balero, ora con la savia a las estatuas, ora al médico y al enfermo con el ornitorrinco, nuestro amigo estaba ahíto de prácticas higiénicas. Es verdad que Pedrito había descubierto algo fundamental —que callaremos por pudor— para el bien de la humanidad. Sin embargo, sus sonadísimos amores con Lou Andreas-Salomé y con Marie Bonaparte dejaron a Perithanatos algo así como podrido de tanta mujer culta. Por eso expulsó de su percha a la Princesa Palatina, a Melanie Klein, a Margaret

---

* Bien —dijo Vian.

Mead, a Marguerite Yourcenar, a Anastasia y a Simone de Beauvoir, la que logró quedar preñada del playbird puesto que alumbró un niño bizco pero verde que Partre, la madrina, bautizó Jorge Guillermo Federico.

El niño medró y un siglo más tarde fue ministro de la China y del Perú y galardonado *ad chis* frente a la orgullosa madre, la bella Otero, quien al ver que Mistingoch y Josephine Baker traían cada una a la playa una máquina de escribir llena de sandwiches, sintió celos, se vio muy sola y, en consecuencia, se refugió en una isla del Pacífico donde, como se sabe, violó a Gauguin. Éste, como se sabe, se ofuscó tanto que se rebanó una oreja que envió *per jod* a Van Gogh, quien la vendió, como se sabe, al museo Salomé Ñamunculoff, de La Plata.

Como la Otero y las oscuras golondrinas, Pericles no hizo otra cosa que viajar en calidad de campeón y de galán de cinc.

En 1984, el viajero albahaca bajó del Aretino y pisó Vigo-Vigo, donde lo esperaba doña Isabel la Retreta.

—¿Su Pajestad nunca se baña? —dijo el limpito.

—¿Es Ud. de izquierda, joven? —dijo Isabelita cogiéndolo del brazo (en el caso de que hubiese tenido brazo).

—¡Ojo! —dijo nuestro primer lavabo—. No soy J. R. Jiménez para ser así cojido. ¡Mami! ¡Soltá, puta! Let me along!

La plantó con el culo al aire.

DIVERSIONES PÚBICAS

Como Jesús y Judas, qué amigos eran, iban a ver las series del brazo y tomaban helado del mismo cucurucho como Lavoisier y Lavater.

*

En Colombia un señor me dijo:
—En Colombia al loro le decimos *panchana*.
Le pregunté:
—¿Y a la *panchana*?
—Pues loro, carajo —dijo el señor.

*

Tu rosa es rosa.
Mi rosa, no sé.

GERTRUDE STEIN

*

Turbada, la enturbanada se masturbó.

*

TOTAL ESTOY = TOLSTOY

*

Felicite en fellatio.

*

Estoy satisfehaciente, mucha Grecia.

*

Hay cólera en el destino puesto que se acerca...

—Sacha, no jodás. Dejá que empiece el cuento:

*

Resulta que la mina se fue a nueva york por un día. Si algún lector preguntase: ¿y qué carajos hizo en nueva york?, nosotros le diremos, redimiéndolo y remendándolo:

Resulta que fue a la capital del cheque pues habíase metejoneado con un cregyman de pito arromadizo. Cuando la Coja Ensimismada le oyó cantar algo sobre un hormiguero de percherones en la sangre, se rió con rara risa, la que turbó a las damas por un nosé qué de ¿cómo seguir?, y sobre todo, ¿para qué?

—¿Quiere Vd.? —dijo el cregyman.

—*Te la doy* es la única locución *for me* y no hay tu tía, ¿*you cojesme?* —dijo Miss Cojé y dejáte de joder.

El canalla del capitán, vestido de canillita, risueño cual cigüeña, saltó como un gorrión y gritó al pasajero pajero: «El Danubio entró en erección».

Yo... mi muerte... la matadora que viene de la lejanía.

¿Y cuándo vendrá lo que esperamos? ¿Cuándo dejaremos de huir?

NO SEAS BOLUDA, SACHA

Prosternándose frente a la Ulalume pampeana, hablóla el clererguido:

—Miss Coja, que nuestros nietos —que hoy encargaremos sin falta— no digan, al ver nuestros retratos: «Estos mierdas fueron dos titubeantes que la cagaron a la hora de la sonatina». Poco le prometo; soy hombre de mucho cogollo, pero no me las doy de gallo, ¿entendés, carita de ganzúa?

Tengo miedo.

*

A pesar de todo la divina comedia continúa representándose en los bajos fondos de la vidurria. Por tanto les digo, lectores hinchas, que si me siguen leyendo tan atentamente dejo de escribir. En fin, al menos disimulen.

Prosigo. La Coja cojeó *de cujus* hasta no dejar títere con cabeza. 28 veces por día corríase al camierdote del cogyman quien acto seguido le daba tarros de alpiste para que la cojtorra le acariciase el canario percherón al susobicho.

Los amantes parecían, abrazados, una urna electoral. Por desgracia hicieron un batuque de la maroshka y tuvieron que sacarlos a patadas con cotorra y todo. Pero la coja no se amedrentó por unas pinceladas superculíferas y otras nietzschedades.

¿Debo agradecer o maldecir esta circunstancia de poder sentir todavía amor a pesar de tanta desdicha?

Sacha, no jodás.

*

—Bueno, aprovechando el *quid pro quo* se disfrazaron de silla papal, con lo cual andaban dinoche y nodía de cújito turral hasta que el otario alcanzó el pedigree de 78.

—¡78! —exclamó Pesta Chesterfield tentando con un lápiz de carpintero la perla que sabemos.

Nadie la repudió pues nadie la reconoció, vestida como estaba de mujer-sandwich (así como Bosta Eatson de hombre-pancho y de mujer-berro).

(En Jaén, las risueñas cigüeñas saltaron en sueños como).

Hicieron un baile de presentación de las niñas de sus ojos en saciedad a pene ficticio de las óptimas del desartre. El vivarabicho Clergy aprovechó dicha coyuntura para encajamarle una peneliza a la culona que la dejó meando fuera del tero (como un tarro) y gripando como el loro pando de Pandora, la dorada Pavlova que gracias a Pavlov pudo darse una ducha en CuchaCucha.

Dijo el que poluciona a cuadritos:

—¡Basta de malentendidos, pedazo de wittgenstein! Ella me la da en Alabama de mi flauta y el canario se me malentiende (no entiendo nada).

En cuanto a ella, dulce como una boa, digo como una cabra, y enredada a su mishín como una cobra, parecía Catalina de Prusia poniéndose Hodorono Rivadavia en las supersticiosas axilas que comentaremos exhaustivamente el año próximo pues razones ajenas a nuestra voluntad impiden un desarrollo conspicuo y pingüe del tema.

En fin, quécarajo, le dio una biaba que arrastró con el Papa, con la pluma y con la concha de tu hermana, *hypocrite lecteur, mon semblable, mon frère...*

ASPASIA O LA PERIPECIA

Pido silencio que estoy hasta acá de loros, cojas, chúes & Cartago.

—Me cago en Cartago —dijo el hombre de cartón pidiendo un cortado.

Son las tres de la alba de dedos azules si no fueran esas uñas enlutadas como si el mundo no existiese.

—¿Viste *Los poetas tembleques*? —preguntó Gregoria Cul, la poubelle de Clignancourt.

—Ní —nefirmó Festa para terminar con los metecos tremantes.

—El culicidio por culcusida de la culbuta —dijo Gregoria.

—¡Puta mandria que me fadraga! Nadie me entiende el festilogio. ¿Hablo en catamitano? ¿Nací en Pacacuellos de Giloca?

—Dale, ché, te presto *La Culomancia*.

—Nepote —dijo, sentada en una escupidera, Festa.

—Dale, ché, te la regalo.

El culín a la regresiva se le meneó de contento. Cuando húbose posesionado del libro porno hasta decir *bosta*, dijo:

—Bosta.

—¿Y los poetas de los tembladerales?

—Creo que llevaban una especie de peto debajo de la falúa.

—Tenet fet —dijo feto.

—¿Qué se creen? ¿Que tienen corona? —dijo Coj—. El cuento de Alejandra es para todos, y si no les gusta consíganse uno especial para ustedes, que mientras estean aquí, estamos en la democracia.

—No sea guaranga, aunque lo sea —dijo Festa—. Además ¿no sabe que está prohibido entrar con animales en los cuentos?

Tal la alegoría de la justicia, Festa señaló con dedo acusador a nostro Pericles quien, de pie en su percha, cerraba fuertemente los ojos miedoso de que en ellos entrara algo de la espuma con que lo friccionaba su novia, la ducha Aspasia.

Chú el caligrafofo alojó ósculos sobre manos de culirotas a las que se les caía la baba como si hubiesen parido a Pirro.

—Pirro era medio pegalotodo —verdijo con espuma Loreal.

—¡Qué loroamor! —marechalizó Gregoria—. ¿Es comprado o hecho a mano?

—¿Cómo? ¿También toca el piano? —dijo Festa.

—Pedro, tocá *Para Elisa* para estas señoritas —dijo Cojwig van.

—No voy a tocar nada y mañana se lo cuento todo a mi analista —dijo el verde psicopatita.

—En el ludo, la casilla de la muerte es rosa —dijo el amarillo sinópata.

—¡No te metás, amarillo! —dijo, verde de rabia, Coja La Rábida.

Festa y Gregoria, acostadas como Fritz y Franz, reían como Lady Godiva.

—Como Paracelso —dijo Pericles—, nací en Parada de la Ventosa. ¡Me cago en el Parnaso!

Fue entonces cuando entró la Pardo Bazán a cuyo plumiferón debemos *El loro de Paradela de Muces* o *Morriña por Pericles*, ilustrado con esculturas de Berruguete.

No sin sonreírse al ver a la novelista obesita, agregó el raro loro:

—Quiero que me dejen partir para ir a ocultar en el fondo del mar mi tristeza sin fondo.

—¡Oh! —dijo Aspasia. Y se tiró un pedo azul.

A lo cual sonrió todo el mundo, según nos enteramos leyendo el diario íntimo de Chú:

«...do azul. A lo cual sonrió todo el mundo. Exagero. Había una cosa que no sonreía; era el mate».

LA ESCRITA

*a Nicolas Anne Edme Restif
de la Bretonne*

—Mamá, me hice pipí en los calzones nuevos.

La reina Lupa, asistida por su fiel Caracalla, asió el microscopio y se consagró a estudiar el sentido oculto de la frase que, si sus sentidos no la engañaron, había oído con ésa su simpatía por las desgracias ajenas.

La cara de la reina se parecía a la de la mujer que no vende violetas a la salida del cine Lorraine cuando no se exhiben las series acerca de Josefino Ñaamunculó, de Pancho Abre o de la drema Ma. Salomón (con Mea Culpa en el rol de una tartana llena de tartamudos que Afasia Tartuffova llevó en un viaje de placer anal por el Bósforo, donde los ayos malayos de los 400 mongoloides que integraban el coro pidieron lauchas para defenderse en caso de amok; en caso de amok, llamar a.).

(Aplausos. Harry Harris dice: Hurra y otros retruécanos que el lector y el eructor me perdonarán que no consigne pero la tonsura me obligaría a seguirla y hoy quiero salir de este texto temprano para poder comprar bonetes y otras cosas que callo).

Bosta soltó un pedo de origen nervioso al ver que Harris se quitaba los pantalones de puro enturbiasta.

—¡Chancho! —dijCo.

—Yo no fui. Fue Bostita —dijo el pedólar.

Doc Pucha se irguió como el asta de una bandera a media asta. De modo que.

—El resto de mi discurso a contraculo lo oiréis cuando os lo diga —explanó.

A lo cual creyó responder Mea Culpa haciendo con su cabeza un signo que nadie caló, si bien ella continuó bordando el ajuar de Aspasia como si nada raro pasase en Jaén, donde mis cigüeñas cambiaron de pata, tocaron el pito y, como putas, afeitaron a un pato.

Viéndolas posesas, Buffalo Bill prorrumpiensa en sollozos desde el colectivo 60. De pie y llorando parecía una pestaña. A su vera, un cura agitaba un cubilete de dedos al tiempo que predigritababá (y los 40) el gordo de novedad, lo que los llevó a hablar de la esperculanza.

Tanto sacudió el cubilete que todos salieron de sus cubiles y gritaron que la Reina no estaba en sus cabales.

El fabricante de linternas mágicas abofeteó al fabricante de andreidas por haberle este instado a cambiar de ramo.

Cosa que sirvió de coartada al coatí para demostrar que él no se coaligó con el marmitón quien, por otra parte (por la boca) permaneció tan silencioso que hubiérase podido oír la caída de una aguja —narrada por la propia aguja, si las agujas hablaran, si llevaran un hato con vituallas para la travesía, además de desodorante para las hermanas axilas y una lengua simbólica para descifrar lo que nuestra lengua de cada día no consigue expresar por más que el coatí la constriña, la coaccione, la empuje con la suya propia amén de la lengua embalsamada de un tigre; y por menos que Shiva intente reanimarla con sus ocho lenguas cual ocho hermosas guerreras muertas en la lid.

El coatí calzóse los patines del lobezno y, tras asegurarse de su higiene pernal, lanzóse por la pista de hielo dorado ritmando su carrera con unas castañuelas cuyos sonidos aspiró por error, debido a lo cual empezó a desaparecer hasta invisibilizarse como yo.

Con esto desapareció nuestro nuevo persopeje, el gran patinador Zózimo.

El búfalo se echó a llorar como quien muere de sed entre una jarra de agua y una bañadera llena de café, instalada a todo trapo en la selva virgen.

En efecto:

ella tiene que dejar que él la bañe y la seque y la encierre en un cubil donde por más que ambos jueguen con dados cargados no se cansen los dedos de tanto desentrañar el silencio de la noche de los cuerpos, cuando ella se abre como una boca y él le pone algo mejor que una tapa, esto es: algo de un color altivo, de sonidos delicados y temibles como un pífano haciendo el amor con una siringa. En fin, algo parecido a un dios que entra a los tumbos en un alma donde la noche oscura se inflama por silencio y por escalas celestes y luego, ya no hay qué contar, pues todo se convierte en el silencio de la noche.

LA SIRINGA DE LAS DAMAS FENICIAS

Pericles y Chú juntaron sus ahorros y compraron un *MANUAL PARA LLAMARSE MANUEL*. Se diplomaron por carta. Un cuarto de día después, fundieron una fundición de enseñanza de la joda.

—Esto no obsta... —dijo Chú.

—¿Qué no obsta? —preguntó una alumna llamada Bosta Watson.

—Homere d'Allaure! —dijo alphonsallechusmeante—. Con vesta, van 69 las veces, Bobsta, en que para la mierda la encomiendo por culpa de su aído verdi, su toscareja.

Arturo Periquini se desató la verde bragubta, asió la batata y se puso a dirigir. No bien los fetos musicales hubiéronse embalados, los interrumpió, de puro jádico. Tras pulverizarlos en el incinerador de residuos, preguntó a la clase:

—¿Qué?

Los alumnos tomaron nota de la pregunta. Tres días después Culififa Culiandro levantó la mano.

—Para Pedrito ese culiandrito —dijo el verde profesorete.

—Los elementos —fifó Fifa.

—Tiene un gran muy bien diez felicitado y siete cuadros de honor. Pero a ver un pollito más, ¿qué más?

—Prof, prof, Púf-púf. Déjeme contestar que estoy ahíto de contestaciones.

—Contestete o te lo rompo a preguntancia limpia —dijo el Dr. Paracelchú quien, con el correr —tacatán, tán, tán— del tiempo tornábase ora gangoso, ora anal, como el presbítero Pitts.

—Dame un ejemplo de un sólido —mendigó Pericles tendiendo un platito que sostenía con una patita.

—¿Ejemplo de un sólido? La salida del sol.

El platito tintineó.

—Más, más. Quiero más. Máaaaaaaaaaaaaaaaaaaaaaaaaaaaaaas —chirrió el cacadémico.

—Sssssssssse desbanca en un banco de arena; tañe la guitarra de Tania; come en la comarca; se acuesta en la cuesta; se le vuelve a parar el pájaro junto a la ramera paramera; se empolva a orillas del Po y Pitts se precipita sobre Pita so pretexto de echar juntos unos polvos.

—¡So golfo! ¡So albañal! —dijo a Pits la encinta Pitta.

—¡Pubis ingrato! Gracias a mí ya no sos más estrecha que Magallanes —dijo a Pía, Pitts.

Zacarías concluyó:

—Es sólido todo lo que pita y todo lo que pone.

—¿Y qué pesa? —pregunchú.

—Li POe jemplo: pesa el agua, pesan las casas, los caballos pesan.

—Soy la rada, el malecón, el príncipe de estaño en el muelle abolido —dijo Pericardo de Nerviles no sin tocarse ahí.

—¡Chancho! —dijo la Coja Ensimismada poniendo trompa marina.

—¿Qué hace el mundo? —preguntó Chú sonriendo con finura a la ranura. De modo que

A LA RANURA:

a) fina sonrisa

b) un fichú

c) oprimirle botón celeste, lo que nos hizo decir, jusmente, la palabra que hemos evitado en nuestro periplo; pero no llores, Josefina, hay que perder con belleza

d) de los ocho brazos iguales a los de Shiva de la rana ranurada salieron:

1) un color oscuro

2) un color claro

3) un azul ultramarino —no cesó de cantar la balada del antiguo marinero, carmesí igual al alma de Carmen cuando canta en el monte Caramelo. Carmen nos regala carmelos y menta a la providencia para mejor decir SI a quienes decimos:

—Vamos a casa, vamos a cama, puesto que te sabemos a arcángeles.

Ella no es solamente un culo congelado en Argel. Así, espera con paciencia de alabastro que relumbre el alumbre de la liga de los metales.

—Recapichu: ¡1!, ¡2!, y ¡3! ¡Putayayayaiaiaiaiaiaiay! *(Mutis cajas y atambores).* Párvulos, ¿sabredes cómo se dixe esto que describió mi colega Perloro? —pregunchú Chú a Emmanuel Superyó, hijo de Tote.

—Allanamiento —responchú Mmanuchito dichoso cual súcubo de tener para sí la cónica cavidad del susodicho cubo cuya línea oblicua configura los sinfines y los confines de las tardes del porvenir en que Gula la brujita le tocaba no sin incuria la planta del pie y la loca vejiga cuyo despertamiento trajo el gesto de fiesta de pesadilla de la virgen de las rocas enamorada del padecedor del mal de piedra.

UNA MUSIQUITA MUY CACOQUÍMICA

al abate Calemberg
y a Martha Isabel Moia

Sólo falta el orinal del Dalai Lama.

LICHTENBERG

Quien versifica, no verifica.
Vates de toda laya:
no versifiquen.
¡Verifiquen!
—Entre entrar y salir se nos va la vida, alumnos míos de aluminio inoxidable.
Aristóteles atravesó la escena en estado crepuscular, desnuda, con un cirio en la mano.
—No hay salida, alumnos. Salgan, aluminios de feldespato.
—¿No hay saliva? —Al Cojete.
—¡Cuándo no! —Periciclets sacándole la lengua a la que tan sobrecogida quedó que al futurismo adhirió, vestida de marinetti y haciendo ochos en un paisaje de nieves negras como un grumete ceceoso en la guerra de cecesión.

Bety Laucha

Bety Laucha se echó a perder porque siempre estaba haciendo de las suyas. Pero el hecho de que Mecha la manchara lo apechugó, puesto que estaba al acecho del afrecho.

La enturbanada

   Aunque turbada, la enturbanada se masturbó.
   Torva caterva de mastinas pajeras, grutas agrietadas, culos pajareros, ¿sabréis piafar con un pífano?
   Dame Coja alzó la manco.
   —¿Por qué rutilan tus ojuelos zarcos? —dijo el Zarloro de todas las recias a la coya de verdad, semoviente y constipada intrépida del cantar de una raza.

La que se dejó por la noche

   —Vení, Démeter, que te la meto —dijo el mirón en do menor.

La que por un cisne

            Total estoy = Tolstoy

   Rió el loro al ver a Leda encamada con un cisne.
   —Y vos dále que dále con el blanco paxarito. ¿Y si te deja enjinta?
   —Pinto la cinta de la finca —Leda *dixit*.

—Abrí ese traste, sotreta —dijo el cisne quien, sibilino cual cerrajero de Silos, descerrajóle el ano a la enana que, mojada cual mojarrita comprando en Harrods una jarra, no reparó que el arúspice, munido de su gran ápice, le hacía ver las estrellas.

La paroxística

La venusana y la venusopla llaman
a la postura 66: melónica,
a la postura 9: chíflica,
a la postura 11: please,
a la postura a: alhaja,
a la postura i: alhelí,
a la frígida: alhelada,
a la coñicorta: ranura de la ramera,
a la abadesa: cerveza,
a la cancerveza: chocón,
   a la cantora: ufano pífano a la piedra o diáfana fama del bufidor.

La bufidora

Bufe el eunuco,
silbe el cuco,
encienda la hacienda,
perfore el foro,
forre el furor despilfarrado a ras de la desdentada calavera paramera,
   cale la cala la calavera,

lije el lejano lejos,
licúe el licor del delincuente,
amarretee a Maritornes,
hornee su honra,
peine sus penas,
afane su afán,
felicite en fellatio,
colacione poluciones,

matádlos	púm-púm
de nuevo	píf-páf
¡más!	tóc
¡más!	clíc
contactad	clic-tóc
contraed	langue d'oc

La purgadora

Cofre lleno de mierda de Madrás y de amedrentado drenaje de paje que traje del viaje en cuyo oleaje el miraje de verdaje. Como quien me mete un moño —dijo esa negar Fuló al bisoño.

Big-Big, rey de Bog, llegó a Baden-Baden para mihi (para mihi, m'hijo —pidió Seferino a Serafino quien, la verdad sea bicha, se llamaba Josefino),

—para Josefino el probo, con dolo,

—para patitas para qué os quiero —dijo el ciempiés

—para esputar como quien imputa —dijo la computa electrona (a la hamaca de picar carne es triste, ¡ay!).

—¡ay mi jaca en tu caja! —dijo Coja con cola de paja.

—¡ay mi caja en tu jaca! —dijo, con cola de papel de lija, la hija de Coja, la Cojaquita alias Teresita Bulba alias Tarasita en el tarantás.

Y no más.
Estoy satisfehaciente, muchas Grecias.
Estoy buey como Fortinbrás.
Estoy como reloj en muñeca ajena, en Jena, enaj-pajenada en Jena y en Jaén.
¡Ay mi jaca vaporosa!
¡Ay mi enrelojada ahijada enmoñada!

Servicios presbitas

Vamos a Jaén y a Jena,
vamos a Jena y a Jaén:
porque el potente
hotentote
Eldorado
tu cuzco con testuz de bichito de luz; tu cuzco en Cuzco, minusco; prisco; risco.
El kid de la cuestión le cantó a Aristóteles vestida de vaquero.
—Oh filosa filósofa a enchufe de chúf-chúf, meneáte que te la juno, juneáte que te la moño (con harmonio, en armonía, con amoníaco, qué manía, con maníes, con manatíes con mano de manar maná).

La zozobradora

Con manubrio de cinabrio dibujó Cimabue a la ciclista Clío de Mermerodes;
—merma el jabón —dijo el libertinajo en tinajas de Guanajuato. Culomancia de damajuanita atiborrada de congrio, de ce-

ros, de sus madreceldas, sin ambajes, por verde ensalmo de verdiparador cabe el broquel bró-bró.

—¿Quién brobrobra en la noche? —dijo sin brío ni brea pero con doble oblea, Galatea (subiendo con la tea de su tía Lea).

Para desatigrar a su tigresa;

para piramedar sus medos, y que se desdieden sus miedos;

para desapenar a la enana entre pinos —suspira Piria, supina Pina, faló la falúa en la falleba;

—justito, Justine: en el jusodicho, pelumoja-dorrito, reflantario, aleteante, ying-yang, ping-pong, meto-saco, sacmet, tsac,

—el tsac penetró por la falleba justito ¿mojadita? ¡plum-metsac! ¡más-metsac! y tsac y

—por ahí, sí, just, píf, páf;

—supong quel tsac tlamet laloc; más jus pong pen por yá jus, ¡yajúslaloc!, ¡alborozay!

1970

LA JUSTA DE LOS POMPONES

—Para los inversores: mi mirra; mi cimitarra —cantó Josefina.

—¿Quién canta como la estatua de Balzac por Rodin?

—Es Josefina. Se cree el «doble» de la Pavlova o de Pavlov. Se cree Concha Espina o Concepción Arenal.

—Mami, ¿qué son los inversores? —dijo un pomponcito.

—Sos chico para fundar el *Telégrafo Mercantil*. Entonces, ¿cómo ejecutarías en el stradivarius un análisis estructural de la frase de Josefina? Pues Josefina dice, como te habrán contado 32 pajaritos, que el tiempo es un pompón de oro.

—El tiempo es un bonete de papel higiénico —dijo Apuleyo apolillando como la polilla de oro de Pitágoras.

—El tiempo es un moño en el culo —dijo uno de cara de culo.

—Hay cada cara de culo que mejor me callo —dijo Caracalla.

—¡Qué lindo, mamita! El tiempo es un taponcito de oro (es decir bañado en oro, ¿verdad, mami?).

En eso pasó Josefina vestida de Cicerón.

—Mirála. Borracha como si se fuera de cónsul a Madera —dijo un pompón de madera.

Dedos señalaron a Josefina:

—Es un pompón de la calle.

—Una pompona de la vida.

—Una pomponzorra.

—Una merepompontriz.

—¿Quién habla? ¿Quién carajos habla? —dijo la decana levantando el auricular.

—Concha, esta vez te lo rompo en serio —dijo la voz del teléfono.

Concha Puti puso cara de llamarse Manuela y se rascó.

—¿Nadie vio a los inversores? —dijo Josefina mientras cuatro hombres iban y venían hablando de Miguel Ángel.

—¿Por qué te gustan tanto?

—Por su varonía.

—¿Los inversores te dieron un afrodisipompónico?

—No los nombres que se me hace la boca agua. Los amé en cuanto dijeron *cojinetes, rulemanes, cremalleras* e *hipotecas*. ¡Por ellos me jugaría la rótula, el culo y la muñeca!

—Tu vida es un viva la pepa —dijo la Pepona.

—¡Un mensajero! ¡Y me trae un pompaquetepón! ¡Y de los inversores! —gorjeó Josefina, ebria de cojinetes y largos plazos.

—Fíjate con esmero y aplicación las regalías de los cosos —dijo un pompón que ya se desmenuzaba de viejo y que era, precisamente, la bisabuela de Josefina.

—¡Pompuelita! ¡Qué lindo! ¡Qué stress!

—No sé para qué te servirán estos anticonceptivos sin pies ni cabeza. ¿No será una bomba?

—Pero si es un juego de salera y pimentera en forma de viejo hábito que no hace al monje —dijo Josefina saltando como una pelota y hablando cada vez más rápido de Miguel Ángel.

EL TEXTÍCULO DE LA CUESTIÓN

a la Princesa Palatina
y a Chichita Singer-Calvino

—Se dicen intelectuales, gente de letras, cagatintaschinas, y qué sé yo, pero desconocen los avatares de los 280 aspectos de la erotología china —dijo el erotólogo, calígrafo y polígrafo chino Dr. Flor de Edicho Pú.

—Papita para 280 pedritos —dijo Pedrito 69.

Tote (esto es: el hada Aristóteles) sonrió verdemente a Joe Cefalúdico. Un temblor le bajó de la sonrisa al anca de jaca regia. Tras un abrirse la bragueta, Joe le descerrajó una vertiginosa emisión con su crinada pistola, cuyo robusto cañón infaliblemente encontraba el blanco y el negro.

—¡Cuándo no mostrando su dalequedale! —dijo Zacarías Bienvenido Cipriano—. El mío es más tremebulto y sin embargo no me quito el corset delante de todos.

La autora del Organón miró al erectísimo Lord John* con una fijeza bella como el naufragio, infrecuente como la piedra filosofal.

—¡Eso se llama mirar! —dijo Joe—. Y con lucidez candente, igual que una doctora. ¿Qué consecuencias sacás?

—¡Qué preguntas las tuyas! —dijo Urraca von Cognac acercándose a Zacarías Bienvenido Cipriano a fin de seducirlo y sustraerle el corset y viceversa.

—Con esa voz de calentapiés y esa mirada de salamandra, tiene el privilegio de preguntar lo que le apetezca —dijo Tote dejando que Joe le aguara deleitosamente la anacrónica fiesta de su honor inmaculado.

—Hada virgo, ¿no estás muerta del susto? —dijo Zoo.

—No, estoy muerta del ganas —dijo Totelita poniendo cara de nenita disfrazada de infanta vieja disfrazada de puta disfrazada de Bosta Watson disfrazada del general Giorgio Basta.

—Pedrito pide psilencio —dijo el pericón nacional—. ¡Que hable Flor Frígida! Que Flor de Perversidad nos inculque la pornografía por Antonio Macía. Por pirómano, por pijómano, por polipijista, por pornodidascalus, por Pisanus Fraxi, por Petronio, por Panizza y por potros, el profesor Sigmund Florchú es mereciente de nuestra verde atención, aun si su perorata perornada y paralelepípeda incluye loros, cojas, enanos, priapistas, vaginillas aristotélicas, heraclitorideaneas y ecuatorianas.

Aplausos briosos y brioches. («No apalaudan, pereversos», pensó Peripartouze). Y luego, el silencio.

Chú abrió la boca como un caballo con sombrero. Mal leeréis lo que dixo recamado con ademanes de mierdra especiosa y con un viejo vestido prestado para la ocasión por Bostadora Waterman:

---

* Cf. David Herbert Lawrence, *Lady Chatterley's Lover*.

—Sras:
Sres:
Sris:
Sros:
Srus:

En la China y en las islas Sandwich, nuestra educación sexual sabe perpetrarse por medio de tres vías. No hace falta que sonrían enigmáticamente por más que hayan adivinado que acabo de aludir a Príapo, a Gummo, a Zeus y a cebita.

Volguemos más cante jondo en las trimentadas vías paralelas del coñito áureo y del miembro, el que se ubica campechanamente, aunque no de una manera pragmática que, justo es decirlo, hubiera sido infalible pero también montaraz, procaz, celeste, bordada a mano, filigranada, de luz natural, soez, carente de las más elementales normas de higiene aptas para los equinoccios, para los soliloquios, bajando un poquito la misma luz natural de ese cuarto amarillo (o no) que llaman *clandestino* y en el que reina la murciélaga del lupanar. Esta dama sabe consagrarse a ciertas labores de pacífica penetración a las que ya Leibniz había aludido, y que tanto se asemejan a una manada de gansos pero mezclando los sexos que no son siempre todo lo apretados que se quisiera, en ocasiones aparecen ciertos flecos que conviene suprimir pues aluden al *ego*. Porque en el taoísmo japonés el ego es anulado en un quítame de allí esas ojotas (por no hablar, damas y caballeros, del mal de ojota).

Aplausos a más no poder. Enceguecidas por los gases lacrimógenos, se tiran al suelo, se cortan en fetas, se empaquetan, se estampillan y se encomiendan.

Él continúa como si nada (así es, en efecto):

—... a fin de conducir los de la lengua del propio ritmo hasta el cerebro.

—¿Quiénes son los *los* que dice usted que le dea al cerebro? —dijo Cojatao und Taxi-Flit.

—¿Los *los*?

—¡Cojus interruptus! A nadie se le ocurre pensar que nada le importa adónde mandás tu zurda líbido desde tu loca catrera —dijo el Peri-arengador Ut eructando según los 289 aspectos de la zoología orientista.

Cojacatrera se ruborizó por primera y última vez en mi libro. Por eso dejó que Flor de Cris-Cras tomara la palabra para dar con ella una vuelta manzana.

—Los *los*, chère Vacogina, son, en los hombres de impermeable el esperma, y en las mujeres menestrales, la monstruación y las secreciones secretas que vosotras, pícaras, consagráis a los dioses —si quedó alguno— del pubisterio de la Noche.

Tanto en la China como en el Perú, los niños, junto con una hoja de té, dados, el cubilete y las ubres completas de Mallarmé en veinte tomos, compran, también, siempre, una docena de concubinetas frescas, con las que ejecutan, ejecutan, ejecutan, ejecutan...

—¡Basta! —gritó Bosta y las cigüeñas de Jaén despertaron sobresaltadas a fin de cambiar de pata y volver a dormirse en Jaén.

—Jusmente —dijo no poco polígrafamente el dicharachinador.

—Repito: precismanchú, cara Bosta, raca Bostacara.

—¿Bostacára právda crasávitza jarashó? —dijo Gummo.

—¡Seguí, pichino! —dijo Peri Huang (and two) cerrando su kimonoloro con un certero golpe de ojota.

—I say what Chinese sex is, don't I? —qu'elle dit, la Pucelle de Shangai.

—More Perotic para Pedrito! —dijo el loro de oro encendiendo una patita de incienso. Un intienso perfumierda se alojó gratis en el ingrato recinto.

—E pur si muove —dijo Zacarías Bienvenido Cipriano— ¿no es verdad, Urra?

—¡Hurra! —dijo Urra tirando por la ventana el corset de Chispij, cuya naturaleza movió la admiración del mundo.

—¡Flor de trapijuarius! —dijo el Chumintang bailando un tang—. Bien, bienito, bienculito, ¡mm!, ¡qué milímetro!, ¡cm!, ¡qué centímetro!, ¡H2O!, ¡qué agüita!, ¡cf.!, ¡qué parangón!, ¡ídem!, ¡quien lo mismo!, ¡op. cit.!, ¡no me opongo si te citan a troche y moche toda la noche!

—Mister Flower, tell me why the Erotic Aspects of Chinese Culture are so short? —dijo Miss Ensimismith.

—Oiga, esta china —dijo el embajador chico—. Vea que...

… … … … … … … … … … … … … … … … … …
… … … … … … … … … … … … … … … … … …
… … … … … … … … … … … … … … … … … …

(aquí la chunoteca se pasea un dedo presuntamente afilado por el cuello en tanto su bocachina trombonea una pedorrea que la muerchu interruptus. Y tan real es esta Presencia que a chuno le tiembla la mao y unoch se vuelca encima el Basho).

—¡Chanchu! ¡Se mancó el esmóquin blanquo! —dijo la fantasma de la Coja.

Il professore Fiore Chuti asió el ramo de flores que una niña de moñalbo en el cabculo le entregó en nombre del miembro homólogo de la colegiata. Aunque vulgata, la ceremoñata hizo llorar a Azucena Tote, que recordó su infrancia en casa de abuelita Fedra. Primito Hipólito metíame su hisopo en el culpólito. En cambio después. Pero no quiero precipitarme —pensó Tote mientras Joerecto le explicitaba, gestualmente y callando, el propósito de que su susodicho ingresara en el aula magna de la Totedeseante que tentaba con la su lengua que, rosada pavlova, rubricaba ruborosa la cosa, ruborezándole a la cosa, rubricabalgando a su dulce amigo en sube y baja, en ranúnculo de hojas estremecidas como las vivas hojas de su nueva Poética que Joe Supererguido palpa delicadamente, trata de abrir, que lo abra, lo abrió, fue en el fondo del pozo del jardín, al final de Estagirita me abren la rosa, sípijoe, másjoe, todavía más, y ¡oh!:

—Joe, ¡llamame Lola!

—¡Llamame puta!

—¡Y que viva Alicia la de las maravillas!

Lola, nuestra reina *per semper* decúbito dorsal en el corazón de las alteas.

1970

LA BUCANERA DE PERNAMBUCO O HILDA LA POLÍGRAFA

a Gabrielle D'Estrées
y a Severo Sarduy

El salteador de caminos era la imagen de la ducha en persona.

Lector, soy rigidísima en cuanto atañe a la etiqueta. Es el buen tono, precisamente, lo que me insta a la precisión de un estado de profusa vaguedad.

Estas razones, que obran a modo de palabras liminares o de introito a la vagina de Dios, tienen por finalidad abrir una brecha en mi fúlgido ceremonial. Tal como un nadador lanzándose de cabeza y de culo en una piscina —con o sin agua, poco importa esto que escribo para la mierda.

* * *

Desnudo como una musaraña, Flor de Edipo Chú reía de los consejos superfluos que nadie le daba.

De repente tuvo ganas de pasear por este texto y telefoneó a Merdon y Merdon a mí.

En caso de que el lector haya olvidado el recinto por donde Chú se pasea encinto, Merdon advierte que es el mismo de antes: la boutique de Coco Panel, quien, como va vestida (no va puesto que está sentada) parece un gordo desnudo. En cuanto al Dr. Chú, está desnudo (en verdad, va y viene hablando de Miguel Ángel). El sinólogo se arrastraba cansino porque toda la noche había cabalgado un caballito de calesita.

Chú no estaba contento, en Alabama de la negra demonia de la verdad sea dicho. Y puesto que fumaba un puro, se esfumó. Así antaño el pirata Apocalipsis Morgan se eclipsó porque Fata Morgana lo desnudó.

¡Qué damnación este oficio de escribir! Una se abandona al alazán objetivo, y nada. Una no se abandona, y también nada.

Recuerde el lector encinto que nuestro recinto es, siempre, la botica rococó de Cocó Anel.

Ahora bien: el violador del doncel de otrora, Fleur d'Oedipe Chú, fue Múmú de Pistacho. Por su parte, Cocoloba fue la secuestraria de la mujercita Puloil. Pero es en vano que busques, lector, a estos persopejes, pues ellos, los asaz nudos de ventura Jercita y Múmú, fueron asados a la parrilla por una horda integrada por dos ancianas antropófagas de 122 años, pertenecientes a la tribu Bú-bú, de Dentáfrica.

¡Qué damnación este ofidio de vivir! Una se abandona al alazán subjetivo y hete aquí —¡tate!— que es un quítame de allí esas azafatas, vos y tus petates se van penando por Dentáfrica. Pero no. Estamos en la fricativa y en damero Pampam. El malón amotinado de pigmeítos Bú-bú se arremolina al unánime grito de: ¡Viva Alicia la de las maravillas! Pero Pancho Panel no se arredra. Como buena mierdra, Pancho Panel medra. Además trae una radio a transistores oculta en una oreja de su lujosa Cangura Benz. La radio emite morfemas deleznables y siguientes:

—¡Dále Coco, dále Coco!

y

—¡Usá el derecho de pernada, tarada!

Continuó.

Cuando Coco Panel afrontó al malón con pigmón* amotinado sin tino, ella agitó sorcieramente sus aretes, heredados de un espléndido cretino —Pietro Aretino— con el propósito de deslumbrar a la pigmeada plebeyuna que chillaba como cuando en Pernambuco trabé el trabuco del oso que se comió mi ossobuco.

Lector, mirá que yo también me aburro.

40.000 mini-plegms frenaron la motocicleta Hardley-Davidson (donación de André Pieyre de Mandiargues) y se cayeron de culo volcando de paso una pecera llena de guajolotes, quetzales y ocelotes (donación de Octavio Paz), de musarañas (donación de Pabst y de Trnka), y de fotografías de famosas hetairas (donación de las enanas del circo de Circe a las que Martha Moia dio lecciones de buen tono y de heurística).

Continúo.

Un guerrerito Bú-bú da 132 pasos y avanza medio milímetro, ¿sabéis, niñitos, quién es ese señor tan chiquitito? Nada sabéis, lo sospechaba. ¡Oh, bestias!, ¡oh flores de verde prado! Deduzco que tampoco sabréis el responsorio a esta preguntancia:

---

* Cf.: jamón con melón.

¿coge Adela un ramo de asfódelos o es un ramo de asfódelos lo que coge a Adela?

El guerrerito (os lo digo, ignaros) es el emperador.

El emperador se prosternó a los sones del «Vals del emperador»; asió el micrófono; se cayó adentro; fue extraído del micrófono; se pigmeó de risa cuando el último ministro le telegrafió en pigmorse:

—Esa que cigüeñea blandiendo un arete del Aretino se parece a un minarete manchado con clarete y con lo que Vuestra Majestad imagina.

El emperador secóse los pañales y la pelerina (donación de Gogol) que se le habían mojado en la jocunda pigmeada; se echó al gaznatito un dedo de muñeca de whisky, con sabor a frambuesa y, ni gazmoño ni mojigato, pidió la palabra. Alguien le dio una cajita. Hablóle entonces a la gran sinpítoca:

—... ... ...
... ...
... ...

—¿Quién sos, ché? —dijo la monstrua desde el bolsillo manierista de su suntuosa Cangura Benz.

—Soy el Divino Mascharita de Sader, rey del Pigmorf-Histeriamocos-Motel (rarefacción central; sueño de la ducha propia; sala de pingmeo-pong-meo; biblio-teta; pelos de virgen; pasacalles; moños; pompones; cintitas en güelfo de Marta Cibellina; etceterita).

Encima del etceterita, quiero terminar. ¿Así? ¿Sin arrojar unos adjetivos a los que aprecian en el escritor las facultades descriptivas e instructivas? Aquí van:

El bello, el aciago, el dentáfrico, el postrimero *Rex Pigmarum*.

FIN

Posdata de 1969. – La supieron los discípulos de Orgasmo, autor de una adamantina chupada de medias al loquero cuyo título mis pajericultos lectores conocen.

Posdatita de 1969 y 1/2. – Nada he incorporado a esta reedición. La repetida lectura de Baffo, Aretino, Crebillon *fils*, las memorialistas anónimas (princesa rusa, cantatriz alemana), me deparó la comprensión de esa alegría. Algunos —yo, la primera— me reprochan el «realismo»: situar en Dentáfrica un cuento sobre Dentáfrica. Cierto, la verosimilitud torna mi relación intolerable. Pero ¿no habrá nunca un espíritu valiente? 28.000 anonimitos no pudieron doblegarme. La verdad me es más cara que Platonov,* quien sintió como nadie lo trágico del destino pigmeo.

1970

EL PERIPLO DE PERICLES A PAPUASIA
O
EL PREBISTERIO NO HA PERDIDO NADA DE SU ENCANTO NI EL JARDÍN DE SU ESPLENDOR

I

—¿Para quién es esta patita? —dijo la Coja Ensimismada.
—Para el doctor Bernard Shaw, mi pedicuro —dijo el famoso loro Pericles.

---

* Personaje de Anton Chéjov.

—No digas loradas —dijo la pavada para una infanta enjuta.

—O. K. La patita es para Patoja —dijo quien vale un Peruquito.

—¡Patoja! ¡Qué nombre! —cojió con envidia la Ensimiscoja.

—Anoche reí con un amigo reidor, el genial Buston Domecq. La risanta empezó cuando me(nos) acordé(mos) del título con que tradu(lueñe) al esp(uto) un liebrejo del inexist(eta) Apestolio France. Me(o) refier(x) a «El figón de la reina Patoja» —dijo el polígrafo calígrafo doctor Flor de Edipo Chú.

—Si por lo menos me llamara Mecq la risanta —jo con envidia la Coja.

—Pero Pérez —dijo el calígrafo.

—Para Pérez, para Pekín, para pekineses, para Pinkerton, para Pizarnik —dijo el pizarevitch Alexander Pericoff.

—El doctor Pérez se recibió de perito-traductor en la Universidad para muñecas oppi de Papuasia —dijo Chú.

—Para Papuasia —dijo el Golfo Pérsico antipedófilo con su maletita en su patita.

—Pérez tradujo *La rotisería de la reina patoja* —codijochú.

—Para Patoja con amore —dijo el pediculoso pedículo antes de subir al pedicular.

—¡Pérez! ¡Qué nombre! —dijo con envidia la pedicoj.

—¡Pérez! ¡Flor de perito! —dijo, en Alabama, Flower.

—Para Periquito el perito —pidió, promiscuo y pedicecuo, el pendiente pediente.

—Pérez pergeñó, hace añó, una autobiografaño del Mono de Tucídedes —joñó Fleur de Gyp.*

—Tucídides: condenado por Pericles al ostracismo —dijo, tragando una ostra nuestro Pericles de verdurita, hijo de Xantipes y de Mary Sócrata.

---

* V. Rachilde: ma mère, une hippie.

Para más perorar, juná el Larousse, hipócrita lector, mi bolu...
Fabló la pedicela ensimismada amenazándolo con medio pie; odredes lo que ha dicho:

—¡Picosucio!

Vos, lector, pedís diálogos, no paisajes. Pero en este lago caen lamentos, palabras, nombres, yo no sé lo que he oído, sólo digo que ahí estaban los que miran con ojos de un color imposible.

Sobre la pista del *Circo Circe*, avanzaba Perióscuro por el hilo de la noche, donde un vulgo integrado por capitalistas de pista prometía alpiste de oro al que, cual niño verde, se abandonara a la cuerda floja. Y todo con el propósito dudoso de cortar la flor azul de la locura. Fabló Lorín Lorinez, odredes lo que ha dicho:

—¿Qué es esta pelusa qui parló?

—Soy yo —balbuceó la miedoja envuelta en capa roja—. Apriesa, Lorín Lorinez, pues el día es exido, la noch queríe entrar.

Hacia los cojines aléjase en su cojín la cojifea o la corifea cuyo derrotero son los confines. ¡Cuerpo a tierra! (se autodice), mientras una pandilla de imaginados la desnudan entre risas y exMarco Abruptos.

(Las marionetas, la memoria, lo mismo). Pericles se entreabre el pico:

—¡Coronela cojíbara! ¡Hasta en las tetas tenés pelos, igual que Cisco Kid! ¡Orgiandera perniabierta llena de permanganato! Papusa inane: tu peripatetismo te arrastra a bailotear pericones cual perinola de Perigord. La verdad, papusa: no servís para mostrar la perlita, ni para oír a Pergolese, ni siquiera para parafrasearme a mí, que soy un pobre periquito que perora para Pizarnik y para nadie más. Porque yo no peroro para vos ni para Perséfone. ¡Pedrito se caga en Perséfone! Aunque me dean un pirulín a transistores, me cago en Perséfone.

—Tertuliano, esta vez te lo rompo en serio —dijo la Coja dejando de lado su cojera.

—No lo joda. Stern ha dicho a un loro:

—Pos me llamo Pancho Percha; pos por qué no se van en un periquete al carajo —dijo Peripancho tocado con un sombrero mexicano. En tanto su pico deterioraba una tortilla de verdurita, papita y mole, disparó —bang, bang y pum, pum— al divino cojete con un trabuco trabado en Pernambuco por un oso que le comió el ossobuco.

Pasó un hombre-sandwich quien no era otro que don Naranjo:

—¡Concurran a la fiesta de los literarios! *Fiesta Mihi Letrinas Puto.* ¡Orquesta de oriflama y orina de Alabama! Leerá *El Manco* su enguantada autora, la Coja...

—Llámeme Alfonsina, Gabriela, Delmira, qué sé yo —dijo la sucinta.

—Llámeme Barón Meón —dijo, partiendo para Persia, con monóculo aunque orinando a cuadritos, el loro Meón de Elea.

—¡Patócles, esta vez me levanto! —dijo No-Alfonsina desde una repentina canilla.

—¡Qué rica lengüita! ¡Si Rabelais te conociese, cuánto lloraré! —dijo el pedante color de albahaca.

—¡Mierda en bruto!

—¡Rengaccionaria! ¡Orinera en tierra! ¡Ni siquiera sabés forrar el Periquillo Sarniento! —dijo el loro feroz a la abuela Periquita Coja.

—Por mil velas verdes, ¿qué ocurre? —espetó el Hada Aristóteles que acababa de entrar y no de salir.

—Para esa periparlapario o te periclito por pernico non grato —dijo la coja copernicana.

—Pa-para-paparapapa. ¡O le das rica papa a milorito a ella adicto, o se lo cuento a mi familia y te encierran en la Parabalada de la cárcel de Parareading! —dijo el pisaverde Lord Parafred Parouglas, hijo de La Gioconda y de eso que perdían las cañerías de su casa.

—¿Quién inició a Pericles en la literatura? —dijo el doctor Chú alarmado por la verdifusión de la cultura de papas.

—Hilda la polígrafa —dijo la paralelepipeda.

—Sos menos que una papagaya sonada por un natural de Papuasia coleccionista de patitas ortopédicas de pájaros. Pare el oído, doctor Parachú, porque voy a penetrarlo con la verdad verdadera.

—¡Pataputaplún! —dijo la coja cayéndose de culo, rompiendo de paso el mismo.

—¡Parapatitapumpum! —paradijo la parabestiola.

—No parafrasee a Chang-Genet, cojamarada, y deje que la deliciosa urgencia de confesarse que muestra Pericles haga eclosión inmediata.

—No se jacte en términos parasicolocos —dijo el ente del plumerito verde en el lugar del corazón—. Mi pareja de iniciadores fue sólo uno: Casimiro Merdon, el zooerótico.

—¿Qué te hizo Merdon? ¿Qué número de teléfono tiene? —dijo Jimmy Churry.

—Si no recuerdo mal, Merdon copulaba a diario con las especies superiores de su zooarén —dijo el Perotikón—. Pero su partequino parasolombra era el que verdemente suscribe.

—Y yo que me lo llevé al río al Pericles creyendo que era platónico —dijo el hada Aristóteles.

—Paraplatónico me alcanza lo que me enseñó el de la sortija cuando frecuentaba la calesita. *(Riendo).* Me acuerdo del poema que me consagró Gertrude Stein y que en el fondo la consagró a ella. Así reza el poema de la gorda:

Tu rosa es rosa.
Mi rosa, no sé.

—Su Pericles es un pirópata —dijo Chú disimulando mal su admiración por el coso parlante.

—¡Vayan al Ubre y al Prado y verán mi abolengo! Inclusive Ana de Abolengo fue mi tía y la apestólica Isabel —la de Colón— fue mi madrina. Cada vez que pasaba cerca de una de sus axilas yo la llamaba Reina Patufo. Hasta que la muy mierda me dio una paliza delante de Colón, de Magallanes, de Cortés y de Moctezuma. Y todo porque le pedí diez centavos motejándola cariñosamente de *escombro gratis* y de *epistolita a las pishonas* —dijo el aristócrata color pastito.

—Tan chiquito y ya maneja nombres innobles como pianos. Y los dice en un tris —dijo el Dr. Chís.

—No hay dis sin tris —dijo nuestra coja cada día.

Escrito en España

santiago de compostela

Habían traído la reliquia, trajeron la mano de San Pablo, plateada la mano en la blanca mano salida de una túnica roja. Pueblo aplaudiendo; mujer vieja de negro lloraba, desdentada, temblorosa, huesos crujiéndole, se abren en su cara, se abrían como flores sus ojos celestes (rojo de la sotana, plata de la reliquia), temblequeando trémula en honor de la mano pura, la mano santa, la mano que dará o daría o habría de haber dado.

En la noche al borde de la ventana riéndonos de las sombras del patio contiguo al comedor del hotel. La sombra de un comensal. La sombra de un cuchillo. La sombra de un tenedor. La sombra de un ave. La sombra de una mano alzando la sombra de un tenedor hasta la sombra de una boca. Riéndonos de las sombras, ojos tuyos llenos de risa, tus manos, la noche, lo mío, lo tuyo, la noche, por favor, todo tan extraño, la noche.

santiago

La mirada abierta que es un cofre, un lugar de ofrendas: óbolo el árbol y el valle, óbolo el mendigo y la cieguita cantora, el gitano manco, el hombre de la cornamusa —su cara en perpetuo temblor, los ojos alucinados, gritando «no, no, no» en la Plaza de los Literarios en donde tres viejas de negro mirándome
 —y cómo hace para saber si es mocita o mocito con esos pantalones
 —señora —dije— me miro entre las piernas
 —por la noche bebo anís y cognac; por la noche bebo sol y sombra —decía el dulce muchachito, decirte cómo canta en la medianoche, beber sol y sombra de una manera otra que aliando anís y cognac: todos los secretos del sol, todos los de la sombra, los de la vibración...
 Si je mourais-là-bas...
enterre-moi dans tes yeux. Por ti todas las canciones del mundo *todas las aves do mundo d'amor diziam.*

santiago-catedral

En la catedral. Los grandes ángeles, los fríos ángeles. Los dedos de los peregrinos habiéndose posado tantos siglos en el mármol de la columna hay ahora cinco hendiduras en las que introduje mis dedos (ayer soñé que le decía: tu avais la couleur effroyable du marbre). Cantaban los niños del coro, voces subiendo hacia donde se dice que se las oye. Al cerrar los ojos vi una nube en forma de mujer de negro ofrendando un pequeño animal muerto que fue dulce que fue sedoso que fue sediento.

Cuando San Jorge patas del caballo aún el animal parecía sufrir izadas en imaginario balanceo sobre cabeza rota decapitada. Cuando San Jorge lejos de la cabeza cortada sufrimiento en las caras aún el animal parecía sufrir.

LA NOCHE DE SANTIAGO

Para que una iglesia de fuego abierta en la noche revele una iglesia de piedra luces constelan el instante:
ramo de luces rosadas
ramo de luces verdes
ramo de luces lilas
ramo de luces azules
rosadas
verdes
lilas
bajo la lluvia.

Cuando estalla el aro de fuego verde vivamente abrazado al aro de fuego azul vivamente abrazado al aro de fuego lila. Criaturas de negro en la lluvia —tout le monde attendait quelque chose. La lluvia sobre nosotros pero los fuegos tenían tiempo de vibrar, de restallar, de danzar unos segundos.

Cuando se arquearon en la niebla ramalazos de crudas luces ingenuas en honor de Santiago yo comprendí —en el jardín, entre niños asustados— que yo, en la niebla (luces ingenuas), no había podido comprender crudas luces en aquel jardín en donde de niña asustada debí comprender cuando se arqueaba la lluvia en ramalazos turbios, grises.

Criaturas en la niebla —tout le monde attendait quelque chose. Contemplar los fuegos de artificio, decirse profundo, gritarse en la boca de la caverna, anunciarse que algo restalla en la niebla. Una propuesta o algo, en fin, a modo de respuesta o dulce o nefasta, o algo, en fin, a modo de voz venida de la exterioridad más pura.

Pero un restallido en el aire o niebla o lluvia no puede apaciguar, no cerrar una herida.

No cierra una herida una campana. Una campana no cierra una herida. Fue la noche de Santiago. Llovía moroso en el jardín del Hostal. Me voy a ver los fuegos —dijo— con la gente de negro que vino de muy lejos a ser cuerpo presente (en la plaza iluminada por fuegos que se suceden cada vez más vertiginosos porque la lluvia impedía su natural despliegue, evolución y muerte). Sí —dije— vé, vé, vé (sintiéndome, oh siempre, en el centro exacto del abandono). Vi sus ojos en el resplandor cortado de oscuridades hirientes, súbitas. Vi sus ojos en el sonido de la tormenta, en los colores ardiendo como pájaros muy efímeros. Que se vaya —me dije— yo no pretendo, no intento, no comprendo. No me dejes —dijo— no me exiles de ti. En lo alto, en lo puro del abandono. Llamarme a mí pequeña abandonadora. Antes de desaparecer vi sus ojos no comprendiendo. Trémulo gesto de mi cara para ir a llorar importantemente en la noche del no se sabe quién es abandonado.

en el camino santiago-león

Aquello de un único crepúsculo. De un solo solitario gesto de abandono. El haber visto la nube rosada, la nube de un rosa incinerado; rosa y gris era y era una amenazadora rosa quemada. Detrás, verde y oro. Tan luminosos. Cortejo de nubes grises, rosadas, verdes. Sobre todo la fragancia mental a rosa quemada. *En boca de la muerte ardidas rosas.* Crepúsculo inigualado entre Santiago y León. Sentía mi cara de asombrada al borde de la nube. B. se reía. Conduce el auto mirando todo excepto el camino. Si se olvidara del volante, de los frenos. Un metro de olvido et voilà un joli tableau: garçon et fille sur gouffre bleu. En boca de la muerte amantes ardidos. Confiando yo en que era escorpio. Pero no quiso precipitarnos. Entonces, ni las nubes de hoy habrían de consolarme. Por otra parte, ¿quién busca consuelo? *Voy a hablar de la vida, señores, voy a hablar de la vida.* Por la noche todos los abandonos. Su respirar, su silencio perfecto. Yo en boca de la muerte, insomne y consecuente en mi oficio de idiota desamparada. Pero con el nuevo secreto dentro de mí la peur fout l'camp. Exactamente como una idiota lloré en El Escorial frente al tríptico (falso) de Bosch, pidiendo, sí, pidiendo que me dijera que no tuve razón (como si me interesara tenerla) al decirme debajo de las nubes maravillosas que las nubes no me ayudaban a no querer morir. Y el miedo por haber pensado en escribir un poema sobre esas nubes. Eso fue sórdido. B. contemplaba serenamente. B. no escribe. Luego, no se considera dueño del rojo crepúsculo. Ahora sí tenés cara de poeta —dijo. Me odié. Pero sin duda yo había pensado en el poema para que trascendiera a mi cara, para hacer del proyecto del poema y de mi cara un filtro de amor (sangre tierra de cementerio, saliva de milano, agua de alondras, halo de ángel mudo...). Esto está tan oscuro.

Inminencia. Los ojos se estrellan, no son estrellas, no disponen de luz propia. Tanto para apaciguar dos ojos. En dónde guardan los ojos sus tesoros. Fiesta incesante en mis ojos mientras en la garganta es miércoles de ceniza, no, es el sabbat, desnudos danzan, alaridos toda la noche, toda la noche es ríspido, abracadabrantoso, rocalloso, pétreo, grietas, desgarraduras, páramo mi palabra, páramo mi lugar de origen, es de noche, danzan, caminan por los muros, danzan en mi garganta, profanación, vértigo, si sabías que yo no

Cuando habla con su voz, cuando en la playa cerca de Santillana del Mar su voz. Aleteos en mi sexo como en Fuentemilanos el yermo bajo alas negras aleteando (yo sobre su cuerpo como un pájaro singularmente herido). Todo lo que su voz nombra es razón de mi amor. (Ellos alargan sus sombras, hunden sus garras en mi garganta).

Aquello de un único crepúsculo. Para poder mirar las nubes medité previamente en mi suicidio. Para poder amar las nubes, mi último estío, mi último hastío.

el escorial

Concierto de música religiosa del siglo XVIII en el salón de actos del Colegio Felipe II en El Escorial. Al sentarme me acometió una crisis de idiotismo retórico. Debo escuchar atentamente la conferencia de introducción a la música sacra del 18 —me dije— porque sin duda será emitida en un indudable perfecto español purísimo y yo, tan degenerada lingüísticamente, sí, oiré juiciosamente por saber cómo acomoda las palabras en la frase, de qué manera las pronuncia... Surgió la cantante y dio en leer ella misma la conferencia. Dijo algo así como: ... su humor gracioso e ingenuo sobre el que no podemos extendernos pues circunstancias ajenas a nuestra voluntad no hacen viable un desarrollo exhaustivo del tema... Antes de que finalizara de expeler su ingente discursillo una vieja alemana muy gorda sentada a nuestro lado incurrió en abanicarse —en refocilarse la cara con el abanico de la su mano— y dale que dale un ruidazo a trote de potro de film de cowboys cuando el Muchacho está lejos y aún invisible pero se acerca se acerca tacatán tacatán, las señoras escorialenses, les notables du village, volviendo sus testas hacia la vieja sin osar un reproche, un gesto de censura, una sonrisa. La gorda como si nada tacatán tacatán hasta que de mí se me fue la risa (de B. también pero con más recato). En procura de seriedad elevé mis ojos hacia la bóveda constelada de pequeños ángeles nada terribles pero descendiéndolos en seguida para estrellarlos de nuevo contra la sirvientita gallega ascendida a cantatriz que ya estaba cantando un villancico en alabanza del Señor. En el programa los títulos estaban anunciados en español pero no se comprendía nada. Con una mano en las teticas, con todo el dolor del mundo en la su cara, con tres violinistas de smoking y una harpista que perdía el hilo y movía desesperada las hojas y los ojos. Ella exhalaba gritos y más gritos, yo no discernía un carajo, sólo mucho después se aclaró una palabra —miserere— mais c'est du latin, dijo B. Entonces la gorda arrancó con más bríos y montada en su abanico atravesó la sala, obcecada, como respondiendo a una necesidad urgente como quien hace sonar la sirena de alarma.

El Escorial

Entonces una se recuerda muchacha y va hacia un horizonte de sonrisas. Olas viniendo o no viniendo a las arenas pero concordando entre sí con admirable suavidad. Es esto lo que temo.

Pero por un instante el cuerpo alegre, la piel dorada, los ojos azules, limpios, tal vez verdes, la cara sin arrugas. No obstante, digo, no obstante debajo o detrás o del otro lado se es mendiga, se duerme debajo de un puente totalmente ebria y abrazada a una muñeca, se putea, se es desdentada, sifilítica, cancerosa, aun si ahora al borde de la piscina del hotel adorada por cuanto ojo macho ha dado Hispania fecunda. Se está sifilítica, sí, no objetivamente, no como para irme a consultar a un sifiliógrafo, sino mentalmente comida, mordida y luego escupida por un tigre no del todo hambriento (por eso el suicidio pronto, prontísimo). Mordidos los bordes, arruinada, monstruosamente herida, incurable, aun si los ojos azules, tal vez verdes.

   Los bordes arruinados.
   El límite natural de las cosas.
   Perdido su sentido para siempre.

Pero me digo, ¿no será mejor un suicidio diferente? Retornar a Buenos Aires, proseguir estudios. Después, erudición a perpetuidad. Digamos los cantares galaico-portugueses. O las cancioncillas de amigo. *Si la noche hace escura / y tan corto es el camino...* Investigar, qué sé yo, investigar de dónde viene tanta hermosura omitiendo cuidadosamente la terrible sensación de inminencia en cuanto leo cosas así, lo mismo que ante ciertos rostros en la calle, rostros con rostros de paraíso perdido. Esto último es preciso finalizarlo o paliarlo mediante una dedicación ininterrumpida a algo equivalente a coleccionar estampillas de manera de llegar a sentir, algún día, una viscosa atracción por la *e* paragógica y por qué los niños cantores de Medina del Campo dijeron *beh* en vez de *bah* cuando se trataba de reproducir el dulce lamentar de un cordero herido. Trueque: en vez de hacerme polvo tout de suite pulverizar los malditos muchos años que sin duda me quedan, pulverizarlos en algo inútil que desemboca en una placa post mortem junto a la puerta de la morada en que mi madre me parió.

Pasa que al despertar tuve ganas de escribir. Y cómo me gustaría que en vez de esto que voy diciendo fuera una novela con personajes y todo. Llevar una agenda, tomar notas como Trigorine en La Mouette, perfectamente vestida, manos mías pálidas posadas sobre cuartillas, escribiendo con una pluma de cisne. Seria, serena, diciendo *qué interesante*, pronunciando conferencias, interpretando históricamente, sociológicamente, antropológicamente, políticamente, lo que pasa afuera: *los eventos consuetudinarios que acontecen en la rúa*. Serena, leyendo los diarios todos los días, salvada, tal vez casada con un señor serio y sereno, el amor sólo dos o tres veces por semana, hasta Hegel, ¿y por qué no leería a Hegel?, suena el timbre, la señora está trabajando, no está visible *(ningún hombre es visible)*, *hubiera querido ser Rimbaud o Baudelaire pero sin sus sufrimientos*, qué vivo. Por la tarde, música —a veces dodecafónica (expresión contemporánea: qué interesante)— o pintura, hasta Vasarely, hasta Mondrian, qué interesantes, hasta la política, leer los diarios dándose cuenta de lo que insinúan entre líneas —no sólo las historietas y las páginas literarias como ahora sino responsablemente, serenamente. Por la noche: comida en casa del escritor X. o de la escritora Z. Copa de armagnac en mano pálida y enjoyada hablo de los suplicios chinos, fumo prudentemente, consulto mi reloj, me levanto a las 23.30 porque —buenas noches, encantadora la velada— en la medianoche ya debo estar en la cama de manera de levantarme al otro día serena y despejada a las 7.30 y trabajar hasta el mediodía —comida sana, vitaminizada, sobriedad, no alcohol, no excitantes, no gracias, no mescalina, no haschich, no ácido lisérgico (naturalmente, he leído todos los libros sobre el tema: qué interesante). En el verano al borde del mar —Capri, Saint-Tropez, Santander, San Sebastián, Punta del Este, Mar del Plata, Córcega...— sin escribir nada puesto que reconstitución, reconstrucción, reacumulación, sol, mar, arenas, no, no gracias, pero sin sus sufrimientos, pero sin haber sufrido lo que sufrieron.

madrid

Voces desde la nada a ti confluyen. En un bodegón de la calle del Ángel, exaltación y lirismo, los ojos resplandeciendo en mi cara, ya no azules, ya no verdes: carbunclos mágicos, sí. Palabras desde la nada confluían a mi lengua. Yo contaba. ¿Qué contaba? Le contaba. Me le estaba contándome —mitad imagen, cálculo y palabra— para que dijera sí, para que me amara. Para que me amara confluían palabras desde la nada (transmigración a mi lengua de la de un célebre semántico, un filólogo ahogado en mi garganta, buceando en mi memoria el alma de un lingüista). Hablando exaltadamente. Mintiendo exaltadamudamente. Mentando mentiras. Magnificando con mis labios para que se disolviera su *no* en mi saliva. Su mirada me dibujaba en sus pupilas: allí me vi, donante fabulosa, allí vi mis ojos que miraban los más mínimos gestos de un amor que nacía, sol en su cara brillando sólo para mí que lo había creado. Allí vi mis ojos mirando su cara salir del polvo, animarse, se levantaron sus ojos, se echaron a andar, mi voz filtro mágico levantó un cadáver, iluminaba un sexo. Y que sintiera llamar allí, y que nos fuéramos a mi cuarto su sexo muriéndose mil veces.

Nos enterraríamos en la noche o saldríamos de la noche (oh infinitas inenarrables posturas). Voces desde la nada confluían a mi lengua. Esa noche hablé hasta crear un fuego.

Y ¿cuál será el sentido de esas fuerzas,
mitad imagen, cálculo y palabra?
. . . .
Cosas desde la nada a ti confluyen.

G. Benn

Descripción

Caer hasta tocar el fondo último, desolado, hecho de un viejo silenciar y de figuras que dicen y repiten algo que me alude, no comprendo qué, nunca comprendo, nadie comprendería.

Esas figuras —dibujadas por mí en un muro— en lugar de exhibir la hermosa inmovilidad que antes era su privilegio, ahora danzan y cantan, pues han decidido cambiar de naturaleza (si la naturaleza existe, si el cambio, si la decisión...).

Por eso hay en mis noches voces en mis huesos, y también —y es esto lo que me hace dolerme— visiones de palabras *escritas* pero que se mueven, combaten, danzan, manan sangre, luego las miro andar con muletas, en harapos, corte de los milagros de *a* hasta *z*, alfabeto de miserias, alfabeto de crueldades... La que debió cantar se arquea de silencio, mientras en sus dedos se susurra, en su corazón se murmura, en su piel un lamento no cesa...

(Es preciso conocer este lugar de metamorfosis para comprender por qué me duelo de una manera tan complicada).

1964

Tangible ausencia

Que me dejen con mi voz nueva, desconocida. No, no me dejen. Oscura y triste la infancia se ha ido, y la gracia, y la disipación de los dones. Ahora las maravillas emanan del nuevo centro (desdicha en el corazón de un poema a nadie destinado). Hablo con la voz que está detrás de la voz y con los mágicos sonidos del lenguaje de la endechadora.

A unos ojos azules que daban sentido a mis sufrimientos en las noches de verano de la infancia. A mis palabras que avanzaban erguidas como el corcel del caballero de Bemberg. A la luz de una mirada que engalanaba mi vocabulario como a un espléndido palacio de papel.

Me embriaga la luz. No nombro más que la luz. Quiero verla. Quiero ver en vez de nombrar.

No sé dónde detenerme y morar. El lenguaje es vacuo y ningún objeto parece haber sido tocado por manos humanas. Ellos son todos y yo soy yo. Mundo despoblado, palabras reflejas que sólo solas se dicen. Ellas me están matando. Yo muero en poemas muertos que no fluyen como yo, que son de piedra como yo, ruedan y no ruedan, un zozobrar lingüístico, un inscribir a sangre y fuego lo que libremente se va y no volvería. Digo esto porque nunca más sabré destinar a nadie mis poemas.

Vida, mi vida, ¿qué has hecho de mi vida?

Hemos consentido visiones y aceptado figuras presentadas según los temores y los deseos del momento, y me han dicho tanto sobre cómo vivir que la muerte planea sobre mí en este momento que busco la salida, busco la salida.

Volver a mi viejo dolor inacabable, sin desenlace. Temía quedarme sin un imposible. Y lo hallé, claro que lo hallé.

La aurora gris para mi dolor infuso, me llaman de la habitación más cercana y del otro lado de todo espejo. Llamadas apresurándome a cubrir los agujeros de la ausencia que se multiplican mientras la noche se ofrece en bloques de dispersa oscuridad.

Luz extraña a todos nosotros, algo que no se ve sino que se oye, y no quisiera decir más porque todo en mí se dice con su sombra y cada yo y cada objeto con su doble.

Toda azul

—Azul es mi nombre —dije.
Los jardines del hospicio con estatuas, con flores obscenas.
Los vestidos de azul iban y venían como quien recita un mismo poema interminable.
—¿Por qué traes los ojos tan fijos? —dijo.
Yo misterio mi mirada para que al mirarla no se vuelva azul la rosa roja.
Aquí vienen mis tres amigas: V., S. y O.
O.: de sacerdotisa sus ojos de pájara, de topo sus manos, de reina de desterrados su voz.
O. me cuenta cuentos de muertes inacabadas.
—O., tengo miedo de este gran NO que se me sube a la cabeza.
Hablamos. Así somos dos quienes se reparten el botín, el peso del cadáver.
V. me insta a responder al llamamiento. Amiga cercana como el dolor de mi nuca. Rigurosa como una emperatriz bizantina, es capaz de morir por una palabra mal pronunciada.
—Lugar azul se llama mi recinto —dije.
Es tarde para gritar. El embaucamiento degradó las apariencias.
—Jaula azul —dije indicando la prisión donde yacía.

—¿Por qué crimen? —preguntaron las damas que ululaban como las sirenas de un barco que se hunde.

—Si me dan el cuadrado mágico que cambia los colores y los vuelve fugitivos, entonces sí.

—Sólo queremos ayudarte —dijeron.

—No pueden —dije llorando sin tristeza, sin piedad.

Cantaron himnos para curarme. Aprecié la distancia que me separaba de ellas. Yo estaba tan sola que mis miedos desaparecieron como por ensalmo.

Mostré, uno a uno, los dedos de una de mis manos.

—El lujurioso, el voluptuoso, el lúbrico, el mórbido y el lascivo. Mi mano es el espejo de la matadora.

—Danos más explicaciones —dijo S.

—Un instante ilícito se paga con años de silencio opaco. ¿A quién contar mi alegría y mi antigua ternura?

—A una cebra heráldica, a un pingüino rosado* —dijo la de ojos de maga.

Un animal de papel atravesó el lugar azul.

—Cuando yo, la presagiosa en mis sueños privados; la transformista de sus emblemas antiguos y humillados; cuando yo, ¿entienden?

—No.

—Ronda nocturna. Un payaso me sonríe a fuego vivo y me transforma en una muñeca: Para que nunca te marchites (dice).

—Danos más explicaciones —dijeron las celestes.

—Los sufrimientos me dispensan de dar explicaciones —dije.

---

* Cebra heráldica y pingüino rosado: integran la zoología fantástica de Olga Orozco.

Sonreí.

—Mis amores con el payaso duraron lo que la lluvia —dije—. También él quería ir-hasta-cierto-punto.

Sonreí.

—Loba Azul es mi nombre —dije.

Diálogos

—Esa de negro que sonríe desde la pequeña ventana del tranvía se asemeja a Mme. Lamort —dijo.

—No es posible, pues en París no hay tranvías. Además, esa de negro del tranvía en nada se asemeja a Mme. Lamort. Todo lo contrario: es Mme. Lamort quien se asemeja a esa de negro. Resumiendo: no sólo no hay tranvías en París, sino que nunca en mi vida he visto a Mme. Lamort, ni siquiera en retrato.

—Usted coincide conmigo —dijo— porque tampoco yo conozco a Mme. Lamort.

—¿Quién es usted? Deberíamos presentarnos.

—Mme. Lamort —dijo—. ¿Y usted?

—Mme. Lamort.

—Su nombre no deja de recordarme algo —dijo.

—Trate de recordar antes de que llegue el tranvía.

—Pero si acaba de decir que no hay tranvías en París —dijo.

—No los había cuando lo dije pero nunca se sabe qué va a pasar.

—Entonces esperémoslo puesto que lo estamos esperando —dijo.

1965

El hombre del antifaz azul

> Lo que no es, no es.
>
> Heráclito

La caída

A. empezaba a cansarse de estar sentada sin nada que hacer. *No hace nada pero lo hace mal*, recordó.

Un hombrecillo de antifaz azul pasó corriendo junto a ella. A. no consideró extraordinario que el hombrecillo exclamara:

—Los años pasan; voy a llegar tarde.

Sin embargo, cuando el enmascarado sacó de un bolsillo una pistola, y después de consultarla como a un reloj aceleró el paso, A. se incorporó, y ardiendo de curiosidad, corrió detrás del ocultado, llegando con el tiempo justo de verlo desaparecer por una madriguera disimulada. Inmediatamente, entró tras él.

La madriguera parecía recta como un túnel, pero de pronto, y esto era del todo inesperado, torcía hacia abajo tan bruscamente que A. se encontró cayendo —como aspirada por la boca del espacio— por lo que parecía ser un pozo.

O el pozo era muy hondo o ella caía con la lentitud de un pájaro, pues tuvo tiempo, durante la caída, de mirar atentamente a su alrededor y preguntarse qué iba a suceder a continuación

(¿acaso el encuentro del suelo con su cabeza?). Primero trató de mirar hacia abajo, para informarse del sitio en donde iba a caer, pero la oscuridad era demasiado intensa; después miró a los lados y observó que las paredes del pozo estaban cubiertas de armarios llenos de objetos. Vio, entre otras cosas, mapas, bastones de caramelo, manos de plata asidas a un piano, monóculos, bracitos de muñecos, guantes de damas antiguas, un astrolabio, un chupete, un cañón, un caballo pequeñísimo espoleado por un San Jorge de juguete embistiendo a un dragón de plexiglás, un escarabajo de oro, un caballo de calesita, un dibujo de la palma de la mano de Lord Chandos, una salamandra, una niña llorando a su propio retrato, una lámpara para no alumbrar, una jaula disfrazada de pájaro... En fin, tomó de uno de los estantes una caja negra de vidrio pero comprobó, no sin decepción, que estaba vacía. No queriendo tirar la caja por miedo de matar a alguien que estuviera más abajo, la tiró igual.

—Después de una caída así, rodar por una escalera no tendría ninguna importancia —pensó.

Evocó escaleras, las más desgastadas, a fin de convocar muertos y otros motivos de miedos nocturnos. Pero se sentía valiente y no podía no recordar este verso: *La caída sin fin de muerte en muerte.*

¿Es que no terminaría nunca la caída? Seguía cayendo, cayendo. No le era dado hacer otra cosa. Recordó:

> *... caen*
> *los hombres resignados*
> *ciegamente, de hora*
> *en hora, como agua*
> *de una peña arrojada*
> *a otra peña, a través de los años,*
> *en lo incierto, hacia abajo.*

A. comenzaba a sentir sueño; mientras seguía cayendo se escuchó preguntar:

—¿Y qué pasa si uno no se muere? ¿Y qué muere si uno no se pasa?

Como no podía contestarse a ninguna de las preguntas, tanto daba formular una que otra. Sus ojos se cerraron y soñó que conducía un camión de transporte de antifaces.

De repente, se estrelló contra un colchón. La caída había terminado.

El centro del mundo

A. miró hacia arriba: todo estaba muy oscuro. Ante ella había otro túnel con el hombrecillo corriendo. Tuvo tiempo de oírlo exclamar:

—¡Por mi verga alegre, es tardísimo!

Un segundo después, el enmascarado había desaparecido. A. se encontró, de súbito, en una habitación llena de puertas, pero todas cerradas, como lo supo cuando las hubo probado una tras otra. De pronto descubrió en su mano una llave de oro. Su intento de abrir con ella alguna puerta resultó vano. Sin embargo, al volver a recorrer la habitación, advirtió otra puerta verde de unos cincuenta centímetros de altura. Con alegría, acaso con incredulidad, notó que la llavecita entraba en la cerradura (... *cuando tu llave de oro cantó en mi cerradura*, recordó).

Abrió la puerta verde y vio un pasillo no mayor que una bañera para pájaros. Por un hueco en forma de ojo, miró el bosque en miniatura más hermoso que pueda ser imaginado (teniendo en cuenta los poderes supremos de la imaginación). Nada deseó más que introducirse por aquel hueco y llegar hasta esas estatuas de colores junto a la fuente de fresca agua prenatal, pero como no era posible, A. deseó reducirse de tamaño.

—Estoy segura de que hay algún medio —dijo.

Tantas cosas habían ocurrido desde que nació, que A. no creía ya que hubiese nada imposible ni, tampoco, nada posible.

Esperar frente a la puerta verde era inútil. Volvió junto a la mesa, esperando encontrar en ella alguna mano (o un guante, aunque fuera) que le estuviese tendido un papel con instrucciones de cómo se hace para que la gente empequeñezca y pueda entrar en un bosque. Pero sólo encontró una botella que poco antes no estaba allí y que tenía una etiqueta con estas palabras:

Bébeme y serás la otra que temes ser.

—Sí —dijo. Y bebió largamente hasta vaciar la botella.

—¡Qué sensación psicodélica! —exclamó A.—. Debo de estar achicándome como un toro observado desde muy lejos por un pajarito miope que se quitó los anteojos.

La estatura de A. se había reducido a unos veinte centímetros. El corazón se le iluminó al pensar que el tamaño de su cuerpo era el necesario para llegar al bosque.

Y es un pequeño lugar perfecto aunque vedado. Y es un lugar peligroso. El peligro consistiría en su carácter esencialmente inseguro y fluido, sinónimo de las más imprevistas metamorfosis, puesto que el espacio deseado, así como los objetos que encierra, están sometidos a una incesante serie de mutaciones inesperadas y rapidísimas.

A. estaba segura de que su estado de pequeñez actual valía la pena. Sabía que los caminos que llevan al *centro* son variadamente arduos: rodeos, vueltas, peregrinaciones, extravíos de laberintos. Por eso el *centro* (que en este cuento es un bosque en miniatura) configura un espacio cualitativamente distinto del espacio profano. En cuanto al tiempo... Pero aquí dejó de pensar porque se dio cuenta de que se había olvidado la llave. Al volver a la mesa en su busca no le fue posible alcanzarla. Intentó encaramarse por una de las patas pero cuando se hubo cansado de hacer pruebas inútiles y de compararse con Gregorio Samsa, se sentó en el suelo y se echó a llorar. *A orillas del Lemán me senté y lloré...*

—Pero si no hay ante quién llorar... —dijo.

De pronto su mirada se detuvo en una botellita que yacía debajo de la mesa con una etiqueta sobre la cual estaba escrito: *Bébeme y verás cosas cuyo nombre no es sonido ni silencio.*

—Si esto me hace crecer —dijo A.— alcanzaré la llave, y si me empequeñece, podré pasar por debajo de la puerta. Con tal de llegar al bosque no me importa lo que me pase.

Bebió un sorbo. Sorprendida, notó que su cuerpo permanecía igual a sí mismo. ¿Cómo era posible? Ella esperaba cosas tan maravillosas que lo habitual le resultaba extraño y hasta grotesco. Decidió arriesgarse del todo y bebió enteramente el contenido de la botellita. Pensó que el destino aprecia la monotonía puesto que la dicha o el infortunio del hombre a menudo cabe en una botella.

Cuando nada pasa

—Me estoy alargando como un poema dedicado al océano —dijo—. Ignoro adónde van mis pies (los vio alejarse hasta perderse de vista).

Simultáneamente, su cabeza rompió el techo y tropezó con la copa de un árbol. Ya medía tres metros. Fiel a su deseo más profundo, se adueñó de la llave y abrió la puerta verde. Pero todo lo que pudo hacer fue mirar el pasillo. En cuanto a atravesarlo ¿qué más difícil para una giganta? De nuevo se echó a llorar. (*Lloro porque no puedo satisfacer mi pasión...*, recordó). Prosiguió derramando lágrimas hasta que a su alrededor se formó una laguna.

—Puesto que se formó por culpa de mi falta de armonía con el suceder de las cosas, la llamaré Laguna de la Disonancia.

Dijo, y se le ocurrió este poema:

Tendremos un buque fantasma
Para ir al campo
Y tendremos un sueño para el invierno
Y otro para el verano
Lo cual suma dos sueños.

Nadie escuchaba sus versos.

—Sucede que una se cansa de estar sola —dijo—. Quisiera ver otras personas, aunque fuera gente sin cara.

Relaciones sociales

A. se acariciaba la mano derecha con la mano izquierda, lo que la obligó a mirarlas y a descubrir que estaba reduciéndose.

Otra vez dueña de un cuerpo minúsculo, corrió a la puertita: otra vez se encontró con que estaba cerrada y la llave, como antes, sobre la mesa. Al pensar en Nietzsche y en el tiempo circular, resbaló y se hundió en agua salada. Creyó haber caído en el mar; poco duró en saber que se hallaba en la Laguna de la Disonancia. Se puso a nadar en busca de una playa. Dijo:

—Éste será mi castigo: ahogarme en mis propias lágrimas. ¿Por qué lloré? (*J'ai tant cherché à lire dans mes ruisseaux des larmes*, recordó).

Oyó caer algo en el charco, y nadó hacia allí; creyó que sería un submarino o una ballena, pero recordó a tiempo lo pequeña que era. Así, comprobó que se trataba de una muñeca. Acercándose a ella, le preguntó:

—¿Sabría usted decirme la manera de salir de este charco?

La muñeca le dirigió una mirada llena de reproches pero no contestó.

Segura de que había ofendido misteriosamente a la muñeca, A. se apresuró a disculparse.

—Si lo prefiere, no hablemos más.

—¿Hablemos? —dijo la muñeca—. ¡Como si yo hubiese hablado! Sepa que en mi familia se odia a los que hacen preguntas.

A. se apresuró a decir:

—¿Te... te... gustan las muñecas? ¡Oh! Me parece que he vuelto a preguntarte.

Y es que la muñeca se alejaba de ella nadando con todas sus fuerzas.

A. la llamó:

—Querida muñeca, por favor, vuelve y no hablaremos más.

La muñeca pareció meditar; luego dio media vuelta y nadó hacia A. Al llegar junto a ella le dijo:

—Nademos hacia la orilla, en donde hablaremos, aun si no se debe ni se puede.

LA CONVERSADERA

—La marquesa salió a las cinco y cinco.

—Hay muchas en la región donde existen cariátides de luz indefinible.

—... «tus senitos benjamines», dijo Lugones y yo me asusté.

—Los sátiros asustan. Había uno que me propuso esta adivinanza: «Tengo una cosa blanca como un cisne y no es cisne. ¿Qué es?». Me regaló *La historia de Roma*. Abrí el libro para leerlo y lo encontré lleno de pinturas sobre las costumbres sexuales de los humanos y viendo retratada la parte teórica me entraron ganas de probar las escenas pintadas.

—Tus palabras me parecen tan vivas que me han hecho como mearme. Yo pienso que este mundo está como corrompido, pero que lo abandone el que quiera. Yo, ni pienso.

—Desde luego, no es fácil aceptar la realidad.

—Por donde menos se espera, saldrá el elefante.

—¿Habló en serio?

—Sí, dijo una cosa que no tenía ni pies ni cabeza.

—Entonces, ¿para qué ahogarse en un vaso de agua?

—Claro, ¿y si uno pierde la cabeza?

—Ahí en la niebla he visto una sombra.

—Hay días en que quisiera irme al olvido, al viento...

—Ahí en la niebla hay alguien; los ojos de la estatua exaltan su silencio.

—Adoro la flagrancia y la retórica. Escucha esto: Que quiera, que no quiera, días y días pasaron desde que caí en un pozo. O quiera, o no quiera, yo hablo aun si no debería.

—De acuerdo. Pero lo que no comprendo son las familias de palabras. Una vez mi abuela incluyó en una misma frase «teja y tejo» y «lógobre y lúgubre».

—¡Oh!

Devoción

Debajo de un árbol, frente a la casa, veíase una mesa y sentados a ella, la muerte y la niña tomaban el té. Una muñeca estaba sentada entre ellas, indeciblemente hermosa, y la muerte y la niña la miraban más que al crepúsculo, a la vez que hablaban por encima de ella.

—Toma un poco de vino —dijo la muerte.

La niña dirigió una mirada a su alrededor, sin ver, sobre la mesa, otra cosa que té.

—No veo que haya vino —dijo.

—Es que no hay —contestó la muerte.

—¿Y por qué me dijo usted que había? —dijo.

—Nunca dije que hubiera sino que tomes —dijo la muerte.

—Pues entonces ha cometido usted una incorrección al ofrecérmelo —respondió la niña muy enojada.

—Soy huérfana. Nadie se ocupó de darme una educación esmerada —se disculpó la muerte.

La muñeca abrió los ojos.

1965

[Textos]

VERSOS ANARQUISTAS A TU FLOR MÍSTICA
VERSOS PARA DENOSTAR AL DÓLAR (ciclo social)
LIRAS PARA ESCUPIR A LA PESETA (ciclo social)
OCTAVILLAS REALES PARA ATROFIAR A LA LIBRA
    ESTERLINA (ciclo social)
EL OCASO DE LOS DÓLARES (poemas alusivos)
LA PULCRA TARDE DEL SUSPIRO QUE SE INFLAMA
FOTOGRAFÍA DEL IDEAL
VERSOS EN UN PIS DESDE LA ESTANCIA DE PRÍSTINO
    GANADO
DULCE DICTADURA DE MI MANO
CANTAR DEL TUYO NOD (épica)

Fin

*

II

—«Dichoso el árbol que es apenas sensitivo...» —empezó la recitadora.

Alguien aplaudió. La viuda del Sr. X., es decir la Sra. X., se enjugó una lágrima con la punta de su pañuelo.

—Si es apenas sensitivo quiere decir que lo es un poquito —dijo el profesor Grou.

—A mí me parece una exageración —dijo la Sra. del Vino— calificar de «dichoso» una cosa (perdón por la rima) que siente un poquitito.

—El «quid» consiste en saber qué siente —dijo el prof. Grou sonriendo con malicia.

—Siente que está en erección, como todo árbol —dijo el psiquiatra.

—¡Oh! —exclamó la Sra. X.

—... «y más la piedra dura pues ésa ya no siente» —aseveró la recitadora.

—¡Stá loco! —gritó el ciclista—. Yo soy un hombre casado y sé por experiencia que ninguna frígida es dichosa.

—Ni ningún impotente... —sugirió en voz baja el psiquiatra.

—¿Qué quiere decir? —dijo el ciclista ruborizándose.

—Lo que dije.

—Uno siempre quiere decir lo que dice pero no siempre uno dice lo que dice —suspiró la viuda del Sr. X.

—Es verdad —dijo la recitadora—. Cuando yo paré en Baradero, me hicieron una recepción en el Centro Floral de la Azucena Natural. Recité este mismo poema: «Dichoso el árbol...» y la gente, porque era gente bien es decir: ni profesores ni psiquiatras ni ciclistas ni viudas. Bueno, la gente reaccionó bien. Se quedó bien sentada. Se rió bien. Cuchicheó bien. Carcajeó bien. Y al final aplaudió bien. Después comimos bien y dormimos bien y nos despedimos bien.

—Como dice el refrán: «Dime con quién andas, cuchillo de palo» —dijo el profesor Graou palmeando el hombro de la recitadora. Cuando ésta se levantó del suelo, continuó recitando:

—«... pues no hay dolor más grande que el dolor de ser vivo ni mayor pesadumbre que la vida...».

—¿Cómo que la pida? —averiguó la viuda del Sr. X.

—No hay más que una —dijo el psiquiatra que era materialista dialéctico.

—Yo soy una viva y no me duele nada —gorjeó la Srta. Puti.

—Usted quédese como está y todo irá bien —dijo el prof. G. acariciándole el hombro.

—«... que la vida consciente» —gimió, casi llorando, la recitadora.

—¡Ah! —dijo el psiquiatra—. Eso es muy importante.

—Es lo que decía mi finado, el Sr. X. —dijo la viuda de X.

—¿Qué cosa decía? —dijo la recitadora.

—No me acuerdo pero en el medio de la frase estaba la palabra «consciente», de esto me acuerdo como si la estuviera diciendo ahora mismo.

—Dejadme seguir a orillas del mar —dijo la recitadora.

—Está bien que estemos en Mar del Plata pero no por eso hay que decir «dejadme» como si uno estuviera en San Sebastián en la época de Felipe 2do.

—Ese sí que era un caso clínico —dijo el psiquiatra—. Siempre de negro vestido, como una viuda...

—¿Qué quiere decir usted? —dijo la viuda de X. que estaba vestida de rojo.

—Lo que dije, amiga mía, y no se ofenda porque en primer lugar me refería a las viudas españolas y en segundo lugar el Sr. X. murió hace 24 años...

—Parece ayer... —dijo la viuda del Sr. X.

—Todo parece ayer —gorjeó la Srta. Concepción Puti.

—Usted, a todo le da un doble sentido —rió el anciano prof. G. haciendo como que sacaba una pelusa del muslo desnudo de la Puti.

—El sentido único no existe; todo va entre dos vías —dijo la recitadora, cuyo padre había sido guardabarreras.

—O entre incontables vías —dijo el psiquiatra quien creía en las ruedas de las motivaciones como quien cree en la rueda de las reencarnaciones.

—«Ser y no saber nada, y ser sin rumbo cierto» —gritó la recitadora.

Todos se echaron a reír. Concepción Puti, no sin un dejo de herencia itálica, se palmeaba el muslo como una alsaciana.

—Siga recitando —gritó la viuda tirando una chancleta al aire.

—No hay por qué romper los vidrios —dijo la recitadora observando el camino de la chancleta que atravesó la ventana y desapareció hacia lo bajo.

—La poesía es una cosa para matarse de risa o para suicidarse —dijo todavía riendo la señorita Puti.

—Por delicadeza he perdido mi vida —dijo el prof. Gruau queriendo decir que su afición a la poesía le impidió frecuentar muslos como los de la Puti.

—Siga recitando —dijo el psiquiatra.

—«... y el temor de haber sido, y un futuro terror...».

En eso el can aulló. Alguien golpeó la puerta. La recitadora pegó un grito y mantuvo una mano en el pecho y la otra en la boca. Volvieron a golpear la puerta, el can aulló.

—Me gustaría tener 77 perritos negros recién nacidos que orinaran todo el día toda la casa —dijo la Sra. del Vino por decir algo.

—Algo es algo —dijo el prof. G. meditativo.

—Que nadie abra la puerta —chilló la viuda del Sr. X.

—Debe de ser el espectro de la rosa —dijo la recitadora pensando en «El rosal de las ruinas» y viceversa.

—Habría que abrir esa puerta. Ver para creer. Habría que abrirla y afrontar la realidad de frente —dijo el psiquiatra temblando.

—O al bies —dijo la del Vino, que era costurera.

[—Me gustaría ganar un concurso de desnudos —dijo la Srta. Putti.

—¿Pinta usted? —dijo el prof. G.

—No pero en cierto modo el resultado es el mismo —dijo la joven Putti con voz enigmática.

—Siga recitando como si no pasara nada —dijeron al unísono A. y la muñeca que con el silencio acabaron por despertarse.

—Qué linda manito que tengo yo... —cantó el profesor Grou para festejar el despertar del mundo infantil.

—Qué lindo monito que tengo yo... —imitó Concepción Puti.

—¡Ah pícara pécora! —dijo el anciano profesor amenazándola con un dedo.]

—Siga recitando como si nada pasara —repitieron A. y la muñeca.

—Tendríamos que llamar a la policía —dijo la Viuda X.

—«Y el espanto seguro de estar mañana muerto,
y sufrir por la vida, y por la sombra, y por
lo que no conocemos y apenas sospechamos,
y...»

Alguien volvió a golpear a la puerta. En eso el can aulló.

—Hay que afrontar la realidad al bies —repitió la Sra. del Vino.

—Quiero a mi mamá —dijo el profesor Grou un poco asustado.

Se oyeron más golpes en la puerta pero esta vez el can no dijo nada. La recitadora se echó a reír pero eran sus nervios y no ella los que reían.

—Por Dios, dénle luminal, dénle valium 100, dénle evanol, dénle adanol, dénle la serpiente, dénle una manzana, hagan algo —dijo la Sra. del Vino que entendía de farmacopea.

La recitadora se calló y chirrió como un auto que frena bruscamente.

—No exageremos —dijo el psiquiatra—, ¿por qué los golpes en la puerta tendrán que anunciar algo malo?

—Cállese, no delire de nuevo con Felipe II. Repito: ¿por qué lo desconocido tendrá que ser forzosamente malo? ¿Quién avaló esto como si fuese un axioma? Lo que pasa es que lo nuevo nos aterroriza y es un error. En una de ésas está llamando a la puerta la persona que deseamos que venga, ésa y no otra...

—¿Y entonces por qué no va a mirar quién es? —dijo la viuda de X.

El psiquiatra bajó los ojos, luego los levantó hacia el cielorraso y se puso a silbar *Nadie me comprende cuando voy a visitar a los jíbaros*. La Srta. Puti marcaba el compás con los pies; el prof. G. con las manos; la Sra. del Vino con la cabeza; la viuda X. con los hombros. A. y la muñeca miraban el suelo tratando de no reírse.

III

La recitadora canturreó:

Tu paseo bajo el paraguas será sin suerte
pues te condenaré a muerte.

—¿De quién es esa horripilante canción? —preguntó el psiquiatra.

—De Carl Jung —dijo la Puti riendo y guiñando un ojo al espectador desinteresado quien se apresuró a lanzarle un beso con la mano.

—Como dijo el faraón Tristán Come On sesenta y nueve... —dijo la viuda del Sr. X.

—No hay como el 69... —gritó entusiasmado el ciclista pedaleando una bicicleta imaginaria.

—Quand il fait Freud, il fait pas chaud —dijo A. con una fina sonrisa.

—Mais tu est Jung encore... —dijo el psiquiatra siguiéndole el juego de palabras.

—A propósito de juegos de palabras, ¿qué fue de Propercio?

—Yo qué sé —dijo el ciclista— es como si me preguntara qué fue de Catilina, de Guillermito el Cojo y de Cacaseno.

—¡Cacaseno! —gritó la viuda—. ¡Qué amor! ¡Cacaseno! ¡Qué amor!

—Es una bestia —dijo el profesor Grour airado—. ¡No tener nuevas de Propercio!

—Propercio parece Prepucio —dijo la recitadora.

—Usted siempre metiendo la pata en donde no le importa —dijo el profesor Grou.

—Quiero velas en donde no me importa —dijo la monja despertando como de un éxtasis.

—¿Qué le pasó que calló tanto tiempo? —dijo el psiquiatra.

—Me molestaba un callo en el dedo gordo del pie —dijo la monja. Y agregó—: Quiero velas gordas.

VI

El erotómano

> ¿Y qué hicieron mis abuelos la noche en que se acostaron juntos y descubrieron que ni él era mi abuelo ni ella mi abuela y viceversa?
>
> Colette, *Claudel à l'école*

—¡Qué lindo! Empecemos de nuevo —dijo la muñeca.
—Bueno —dijo A.

—¿Fuiste al teatro ayer por la noche?
—Sí, fui con la madre de mi hermano, mi suegra.
—Nosotros llegamos mucho antes de que empezara la función.
—¡Qué interesante!
—¿No es cierto?
—Sí, pero la sala estaba casi desierta porque la obra era obscena.
(Aparece el erotómano).
—¿Saben qué significa *obsceno*?
—Inmundo —dijeron A. y la muñeca al unísono.
—Mi nombre es Edmundo, justamente. Pero paren los oídos y abran las piernas: las voy a instruir un poquito.
Inmundo deriva de *mundo*, que significa orden, perfección y pureza (*pureza* indica que en el mundo hay leche pura, como la de madre, por ejemplo). El *mundo* significa el aire, los cielos y los sexos, tomadas estas cosas en su sentido alto, grueso y grande.

Decir *mundo* era, antiguamente, decir belleza, simetría y consonancia. De modo que *lo inmundo* es *lo no mondo* o, más exactamente, *lo que no está mundo*. Por eso ustedes me dijeron *inmundo*: para decir que no soy un pelado de mierda, y tienen razón.

Desnudemos la otra palabra. Con *obsceno* ha ocurrido una cosa muy pero muy rara. Se compone de *ob* y de *scaevus*, de donde se formó *pájaro natural*, cuyo adjetivo es *bosquimano*, del cual salió *erguido*, origen de nuestra voz *obsceno*. El *scaevus* latino significaba *zurdo* y también *amuleto de la buena suerte*. Era una palabra de los ritos Bragueta. Pantaleón Suárez Pendejo conjeturó de una vez para siempre que lo obsceno nos espolea porque tiene pendones. Orígenes Materno intentó refutarlo desde su tonel a orillas del Titicaca. El Materno argumentaba que el espolón se origina en parte en el olor a pescado o, en su defecto, à crème Chantilly. Pero los dioses no le depararon la gracia de asistir a la consagración de sus teorías. Así llegamos a Freud y a Einstein: el primero aprendió de su mamá que el Sena es un río peligroso. El segundo descubrió que el mal de la écula es una perversión patológica, mas no un pecado. La écula —cuyo uso exclusivo produce *malanculiata frustrasionis* en las vírgenes de Nueva Caledonia— no es más desdeñable que su vecina, la ya aludida concavidad rodeada de pelos donde suele guardarse el *zurdo* (o *amuleto de la buena suerte*). Es verdad que hubo detractores que intentaron pulverizar estas teorías: Herculano y Concha Espino fueron los más diligentes. Herculano dedujo que todo culano es abominable porque reproduce los *Her*. Por su parte, la Espino sugirió la urgente creación de un matriarcado gallego semejante al de las abejas vascas. Promulgó sin finura que las mujeres deberían injertarse espinos en el bajo lugar de los pelos para de ese modo vulnerar como rosas a los llamados *machos*. Thetis del Ano, senador comunista-conservador, propuso una votación siguiente: o pelos o espinos. Ganaron los pelos 8 a 1 y se desmoronó el estadio. Concha Espino renunció a sus ambiciones científico-políticas y se dedicó a la profesión de *femme de* letrinas; su amante, Thetis del Ano, le regaló pelucas para la pelvis de todos colores, y ella solía decirle a voz en cuello: «estoy con la verde» o «estoy con la violada», para escándalo del *tout* Galicia. De modo que *obsceno*, actualmente, significa, café moka. Ahora, a ver, muéstrenme las bombachitas y les daré bombones-laxantes, como el marqués de Sade a Rose Keller y Thetis del Ano a Concha. Nada hay que dé más suerte que comer caca. A ver, a ver esos culitos, a ver...

(Aparece don Ernesto de la Torre, fino industrial especialista en cojinetes).

—¿Qué cojinaron hoy? —dijo don Ernesto.

—Conejo —dijo el erotómano.

Los perturbados entre lilas
(Pieza de teatro en un acto)

Personajes: SEGISMUNDA
CAROL
MACHO
FUTERINA

Una habitación con muebles infantiles de vivos colores. Luz como una agonía, como cenizas. Pero también, a veces, como una fiesta en un libro para niños. En la pared del fondo, cubierta de espejos, hay dos ventanas verdes en forma de corazones.

A la derecha, en el proscenio, una puerta rosada. En la pared, junto a la puerta, un cuadro dado vuelta como un hombre orinando en un parque. En el proscenio, a la izquierda, dos pequeños féretros-inodoros, muy juntos, uno blanco a rayas verdes y el otro rojo con florcitas de rafia. En el centro, cubierta con una manta color patito tejida por los pigmeos y que representa parejas como de juguete practicando el acto genético, sentada en un fabuloso triciclo, está Segismunda. Inmóvil a su lado, Carol la mira mascar chicle con los ojos cerrados.

De pronto, Carol corre las cortinas. Camina vacilante, con la cabeza echada hacia atrás, como disfrazado de dama antigua. Corre la cortina de la ventana derecha, cuyo diseño representa a la Giocon-

da con su cara de resfriada y sonriendo demasiado, de modo que se descubre que tiene un solo diente. Corre la cortina de la ventana izquierda, que tiene estampada una pintura de Mondrian y, en el centro, el dibujo del cinturón de castidad para labios que inventó Goya.

De nuevo se para junto a Segismunda, le quita la manta, le saca la capa gris modelo Lord Byron o Georges Sand [sic]*, las pliega y las guarda en los féretros-inodoros que resultan ser armarios. Luego, nuevamente, se queda apostado junto al poderoso triciclo de Segismunda.*

Segismunda trae pantalones de terciopelo rojo vivo modelo Keats, una camisa lila estilo Shelley, un cinturón anaranjado incandescente modelo Maiakovski y botas de gamuza celeste forradas en piel rosada modelo Rimbaud. De su cuello pende un falo de oro en miniatura que es un silbato para llamar a Carol. En cuanto a Carol, su traje es color de roca rala y toda su persona evoca el otoño.

En el transcurso de la obra, una monja y un payaso, en un rincón, al fondo a la izquierda, limpiarán un viejo triciclo. En el rincón opuesto, habrá un maniquí infantil. Este personaje tiene la cara celeste y las cejas y los labios dorados. A su lado estará un suntuoso caballito de cartón muy empenachado y cubierto de arneses lujosos.

SEGISMUNDA *(extrae un cigarro del bolsillo de su camisa y lo enciende cuidadosamente)*: Es verdad que renuncié a ser una persona. No obstante, vivo. ¿Por qué? No lo sé. Pero es así y sufro. ¿Acaso no he andado en busca de esos signos y no he mirado hasta casi volverme ciega? ¿Qué me pasa? Antígona, ¿no fui yo? Anna Frank, ¿acaso no fui yo? *(A Carol).* Voy a acostarme.

CAROL: Acabo de levantarte y de ayudarte a montar en tu triciclo mecanoerótico.

SEG: ¿Y entonces qué?

CAR: No puedo levantarte y acostarte cada cinco minutos.

SEG: Todos envidian mi triciclo mecanoerótico.

CAR: Yo no.

SEG: Mientras dormía, ¿no sentiste ganas de dar en él una vuelta manzana?

CAR: Yo... No.

SEG: Es que sos virgen, tenés miedo.

CAR: No hables tan fuerte.

SEG: No te inquietes, nadie se enterará de que sos virgen. Dicen que la virginidad duele. Pero ¿por qué tenés esa cara deshojada?

CAR: Soñé que vos y yo estábamos «a un paso del adiós».

SEG: ¿Será verdad?

CAR: Si lo dice el tango.

SEG: ¿Entonces?

CAR: Me iré a otro sitio, a cualquier parte. Encontraré otra ciudad, otras calles, otras casas.

(Pausa).

SEG: ¿Carol?

CAR: ¿Sí?

SEG: ¿No estás cansado de este ardiente afán?

CAR: Estoy harto. *(Canturreando).*   *Mi noche, tu noche,*
                                       mi llanto, tu llanto,
                                       mi infierno, tu infierno.

SEG: Lindo tango. Miente como los otros.

CAR: Entonces, ¿por qué es lindo?

SEG: Porque mata al sol para instaurar el reino de la noche negra. Pero a mi noche no la mata ningún sol. Tenés cara de irte.

CAR: Quiero irme, trato de irme.

SEG: No me querés.

CAR: No se trata de eso.

SEG: Antes me querías.

CAR: Recordaré tu palidez legendaria, tu aversión al arrabal...

SEG: Qué vida fácil tenés.

CAR: ¿A esto llamás vida?

SEG: Y yo con el corazón olvidado del ritmo, con los pulmones desgarrados, yo, tratando de encontrar, sola, a solas, en soledad, encontrar, a fin de pintar, de escribir.

CAR: Pero está el mar, la gente, las estaciones, los suburbios...

SEG: No quisiera pintar ni describir una cara ni un acantilado ni casas ni jardines, sino algo más que todo eso; algo que si yo no lo hiciera visible, sería una ausencia.

CAR: Si yo fuera escritor describiría *(canturrea)* «el dramón de la pálida vecina / que nunca salió a mirar el tren». ¿No te conmueve esa renuncia al uso de los ojos?

SEG: Que se joda por coger para joderse.

CAR: Cuando entrás en el seno de la obscenidad, nunca más se te ve salir.

SEG: La obscenidad no existe. Existe la herida. El hombre presenta en sí mismo una herida que desgarra todo lo que en él vive, y que tal vez, o seguramente, le causó la misma vida.

CAR *(canturreando)*: «la vida es una herida antigua...».

SEG: Todo, hasta el tango, me da la razón. Pero ¿para qué me sirve tanta razón?

CAR *(recitando)*: Amputada de sí misma y de esa clara razón sin la cual somos apenas manequíes, apenas bestezuelas.

SEG: Qué tango paleolítico.

CAR: Lo trajeron los hermanos Pinzón, o Cabeza de Vaca, o tal vez Cabello y Mesa junto con López y Planes.

SEG: ¿Quiénes son López y Planes?
CAR: Los trillizos que hicieron el himno nacional.
SEG: Mi único país es mi memoria y no tiene himnos.
CAR *(ordena la habitación y canta)*:
*Al verte los zapatos
tan aburridos
y aquel precioso traje
que fue marrón
las flores del sombrero
envejecidas
y el zorro avergonzado
de su color.*
SEG: ¿Cómo está tu inconsciente?
CAR: Mal.
SEG: ¿Cómo está tu superyó?
CAR: Mal.
SEG: Pero podés cantar.
CAR: Sí.
SEG: ¡Entonces cantá una verdadera canción! Algo sin zorros inhibidos, ¿me escuchás?
CAR: No tengo otro remedio.
SEG: Si te es imposible hacer tu vida como querés, por lo menos esforzate en no envilecerla por contacto excesivo con el mundo que agita movedizas palabras. ¿Me escuchás?
CAR: Sí.
SEG: Y entonces ¿por qué no me matás?
CAR: Porque *(canturrea)* «no tengo ni rencor ni veneno ni maldad...».

(Pausa).

SEG: ¿Qué hiciste con tu triciclo?
CAR: Nunca he tenido triciclo.
SEG: Es imposible.
CAR: Y cómo lloré por tener uno. Me arrastré a tus pies. Me mandaste a la mierda.

(Aparece un triciclo ruinoso cabalgado por Macho, quien viste andrajos pero lleva guantes colorados de esquiador).

CAR: Te dejo. Tengo que hacer.
SEG: Menos mal que vivimos en esta casa parecida a una plaza de gran belleza metafísica. *(Pausa).* Andá. Esto que soy va mejor. *(Car sale).*
MACHO: ¡La máscara! ¡Una omelette!
SEG: Maldito seas entre todos los mortales.
MACHO: ¡El antifaz! ¡Una milanesa!
SEG: Nada más peligroso que los viejos. Disfrazarse y comer, no piensan más que en eso. *(Pitada. Entra Car).* Ayúdame a soportarlo. *(Señala a Macho).*
MACHO: ¡La careta! ¡Niños envueltos!
SEG: Dale niños envueltos y que se calle.
CAR: No hay más.
MACHO: ¡Quiero niños envueltos y vacío al horno!
SEG: Dale un chupetín.

(Car sale y entra con un chupetín. Pone el chupetín en la mano de Macho, quien lo toma con ansiedad, lo palpa con desconfianza, lo husmea con una sonrisa).

MACHO *(lloriqueando)*: ¡Está duro! ¡No puedo!
SEG: Encerralo en el gallinero.

(Car lleva a Macho fuera de la escena).

CAR *(regresando)*: Si envejecer fuera útil.
SEG: Supongo que el envejecimiento del rostro y del cuerpo ha de ser una herida de espantoso cuchillo. *(Pausa)*. ¿Querés sentarte encima del manubrio?
CAR: No quiero sentarme.
SEG: Lo sé, y yo no quiero mantenerme de pie.
CAR: Así es.
SEG: Cada uno su especialidad. *(Pausa)*. Siento deseos de huir hacia un país más hospitalario y, al mismo tiempo, busco bajo mis ropas un puñal.
CAR: ¿Y si nos contamos chistes?
SEG: No tengo ganas. *(Pausa)*. Car.
CAR: Sí.
SEG: La realidad nos ha olvidado y lo malo es que uno no se muere de eso.
CAR: Ya no existe la realidad.
SEG: Sin embargo cumplimos años, perdemos la frescura, las ganas... Perdemos... Car, ¿no es eso la realidad?
CAR: Entonces la realidad no nos ha olvidado.
SEG: ¿Y por qué decís que ya no existe?
CAR: ¿Puede darse algo más triste que esta conversación?
SEG: Quizá es triste porque no hacemos nada.
CAR: No hacemos nada pero lo hacemos mal.

(Pausa).

SEG: Creés que sos el único que sufre en este mundo porque quisiste un triciclo y no te lo dieron. Te creés muy importante, ¿verdad?
CAR: Muy.

SEG: Esto no anda. Pensé que criticarte me divertiría.
CAR: Te dejo.
SEG: ¿Tenés que hacer?
CAR: Tengo.
SEG: ¿Hacer qué?
CAR: Mirar el montón de manos de muñecas que hay en la azotea de Ángelo, el que fabrica muñecas.
SEG: ¿Y para qué mirar manos sin brazos?
CAR: Miro manos chiquitas para que se apaguen mis rumores. *(Canturrea)*. «Araca, corazón, callate un poco...».
SEG: ¿Para qué diablos querés apagar tus rumores?
CAR: Me hablás con desprecio.
SEG: Perdón. *(Pausa. Más fuerte)*. Que conste en los complejos anales de nuestra historia que dije perdón. Y vos, como si nada. No sabés cuánto desprecio a los que no se interesan por mí.
CAR: Te oigo, te oí.

(Pausa. Sinuosamente, entra de nuevo Macho en su destartalado triciclo. Con el chupetín en la mano se pone a escuchar).

SEG: ¿Encontraste otra pata de hipopótamo?
CAR: No encontré nada.
SEG: ¿Revisaste bien la casa?
CAR: No hay nada.
SEG: Quizá la encuentres mañana, debajo de tu almohada.
CAR: No encontraré más nada.
SEG: ¿Qué sucede?
CAR: Alguien pesca lo que parecía un pescado pero es algo que no termina de pasar. Alguien o algo deja oír su impronta respiratoria. Algo fluye y jamás cesa de fluir.
SEG: Pero *jamás* no tiene sentido así como no lo tiene *siempre*.

CAR: Todo es horriblemente invisible.

SEG: Por supuesto, y ahora andate. *(Car permanece inmóvil como si alguien lo estuviera soñando).* Creí haber dicho que te fueras.

CAR: Te oí. Dijiste que me fuera. Intento hacerlo desde que me parió mi madre. *(Sale).*

(Pausa).

(Seg cierra los ojos; parece dormida. Macho golpea su triciclo con el chupetín. Pausa. Vuelve a golpear más fuerte. Aparece un triciclo más desvencijado que el de Macho; las extremidades de Futerina se adhieren a él como garfios. Futerina trae un sombrero de piel de monotrema guarnecido con moños de equidna).

FUTERINA: ¿Qué te pasa, mi hombreamor? ¿Golpeás porque no podés más de ganas?

MACHO: Y vos, que no golpeás, ¿qué estabas haciendo?

FUTERINA: Me estaba quitando el vello. *(Risita).*

MACHO: Besame, tocame. Tocame un nocturno.

FUTERINA: No podemos con los triciclos en las entrepiernas.

MACHO: No te hagas la monja portuguesa, vení, acercate.

(Las cabezas se acercan dificultosamente. No llegan a rozarse. Se apartan).

MACHO: Se me perdió el inodoro.

FUTERINA: ¿Cuándo?

MACHO: No sé, pero ayer estaba.

FUTERINA: ¡Ah, ayer! Ayer era el canto de una guitarra en un albergue lejano, era el horizonte salvaje en un dormitorio con trapecios y hamacas para ejecutar ciertas posiciones que *(en voz más alta)* aquí están prohibidas.

(Se miran en medio de lo irremediable).

MACHO: ¿Me querés?
FUTERINA: Mal, gracias. ¿Y vos?
MACHO: ¿Yo qué?
FUTERINA: ¿Me querés?
MACHO: Como el culverston.
FUTERINA: No me evoques buenos recuerdos.

(Se apartan más).

MACHO: ¿Me deseás?
FUTERINA: Sí, ¿y vos?
MACHO: También. A pesar de todo, se para bien.
FUTERINA: ¿Qué?
MACHO: El triciclo.
FUTERINA: ¿Qué más vas a decirme?
MACHO: ¿Querés saber la hora?
FUTERINA: ¿Para qué?
MACHO: Eso sí que no sé. *(Pausa)*. Recordá cuando los tres camiones embistieron nuestros triciclos. Perdimos brazos y piernas. Segismunda nos compró brazos pero no quiso comprarnos piernas, solamente estos zancos ganchudos para empujar los pedales. *(Ríen)*.
FUTERINA: Fue en Santa Carmen de Areco.
MACHO: No. Fue en Antonio de Areco. *(Ríen con menos ganas)*. ¿Tenés frío?
FUTERINA: Excepto en la pajarita, me muero de frío. ¿Te cambiaron los pañales?
MACHO: No llevamos pañales. *(Con cansancio y tristeza)*. ¿No podrías ser un poco más precisa?

FUTERINA: Los paños para lisiados, entonces. ¿Qué importancia tiene?

MACHO: Es muy importante.

FUTERINA: Yo no me quejo, pero las palabras nuevas ofenden cuando se refieren a las mismas desgracias.

MACHO *(mostrando el chupetín)*: ¿Querés un cachito?

FUTERINA: No. ¿Un cachito de qué?

MACHO: De chupetín. Te guardé más de la mitad y además el palito. *(Mira el chupetín con ternura)*. ¿No lo querés? ¿No estás bien?

SEG *(con mucho cansancio)*: No me dejan dormir. Cállense o hablen más bajo. Si pudiera dormir un minuto, un año. Si durmiera, detrás de mis ojos de dormida yo vería los mares y los laberintos y los arcos iris y las melodías y los deseos y el vuelo y la caída y los espacios de los sueños de los demás vivientes. Yo podría ver y oír sus sueños.

MACHO *(bajo)*: Oír y ver los sueños de los vecinos. *(Ríe bajito)*.

FUTERINA: Tiene sueños de espía.

MACHO: ¡No hablés tan alto!

FUTERINA *(sin bajar la voz)*: Nada más cómico que los deseos no realizados de los demás.

MACHO: ¡No tan alto!

FUTERINA: Pero si es lo más cómico que hay, y los primeros días nos reíamos como frente a títeres. Pero al final todo se vuelve lo mismo, y el asunto sigue siendo cómico pero ya no reímos.

SEG: Quizá sea una muñeca verde.

MACHO: ¿Qué dijo?

FUTERINA: Que una muñeca verde.

MACHO: Entonces no quiso decir nada. Voy a contarte lo que nos decía mi maestra de primero inferior.

FUTERINA: ¿Para qué?

MACHO: Para que te diviertas.

FUTERINA: No parece un tema gracioso.

MACHO: Escuchá. Te vas a reír hasta mearte. *(Con voz neutra de narrador imparcial).* «Acostumbre a su niño desde un principio a adoptar la postura conveniente...».

(Futerina se muere de risa).

MACHO: ¡Mal pensada! *(Se ríe también él).* «... la postura conveniente, aconsejada por la higiene escolar. La necesidad de esa manera de sentarse ha impuesto, puede decirse, el culo normal...».

(Futerina ríe hasta las lágrimas).

MACHO *(fingiendo asombro)*: ¿Por azar dije algo gracioso para que te estés riendo como el chorro del bidet?

FUTERINA: Me dio risa cuando dijiste «puede decirse».

MACHO *(con la misma voz del narrador)*: «... puede decirse, el culo normal; de aquí, entonces, que se hermanen perfectamente...».

SEG: ¡Basta!

(Macho se asusta, deja de hablar).

FUTERINA: Me estaba contando...

SEG: ¿No han terminado? ¿No terminarán alguna vez? ¿Nunca van a terminar? *(Macho pedalea subrepticiamente a fin de alejarse. Futerina permanece inmóvil).* ¿De qué pueden hablar ustedes? ¿De qué puede hablarse todavía? *(Toca el sil-*

bato. Entra Car). Tirá los triciclos y también, de paso, a estas cosas que pedalean.

(Car se dirige a los triciclos).

MACHO: Da miedo recordar que se fue niño.
FUTERINA: Las lilas tuvieron la culpa; es por ellas que estoy condenada.

(Car los lleva fuera de la escena).

(Pausa).

CAR *(regresando)*: Los encerré en el fondo. Ya no hay más que sus sombras.
SEG: ¡Malditos! ¡Que no se mueran nunca! ¡Que sólo sueñen con caballos tuertos! *(Pausa).* ¿Qué murmuraba la ramera?
CAR: Dijo que las lilas tuvieron la culpa.
SEG: ¿Y a mí qué? ¿Es esto todo?
CAR: No. Dijo que estaba condenada por las lilas.
SEG: ¿Qué dicen del sátiro los diarios?
CAR: Que murió.
SEG: Pero si me gustaba. Hasta recorté su foto. Era más fácil advertir que tenía un alma rosa tirando hacia el azul más tierno. Imagino que al mirarme hubiera dicho palabras perfectas. Por ejemplo: «Amiga del agua, amiga del color de la ceniza».
CAR: ¿Si cambiamos de tema?
SEG: ¡Qué cosa el sexo! Nada sino psiquis. *(Pedalea).* Voy a dar la vuelta al mundo. Apartá los obstáculos. *(Car lo hace).* Esto sí que es vida. Pasearse en triciclo y colocarse en el centro del mundo.

CAR: *(en voz baja)*: Hace tiempo que no existe el centro del mundo.
SEG: Necesito un triciclo más confortable, algo con biblioteca, frigidaire y ducha. Así podría irme a cualquier lado. A Córdoba, por ejemplo.
CAR: ¿Y por qué a Córdoba?
SEG: ¿Y por qué no a Córdoba?
CAR: No es el único lugar.
SEG: Es verdad. ¿Me querés decir qué haría yo en Córdoba?
CAR: Nada.
SEG: Tenés razón. Ya me harté de Córdoba. ¿Estoy en el centro?
CAR: Más o menos.
SEG: Siempre más o menos. Hemos comido del árbol del Más o Menos. Buscamos lo absoluto y no encontramos sino cosas.
CAR *(fingiendo alegría)*: El sátiro hizo testamento: legó un ramo de rosas a una novicia tísica.
SEG: No me interesan los sátiros. Además, no existen.
CAR: Juguemos entonces a la paciente y el médico.
SEG: ¿Y si nos aburriéramos?
CAR: Nos suicidásemos. *(Voz de criado)*. Señora, aquí viene el médico.

(Car sale y vuelve a entrar, con anteojos y un maletín).

CAR: Es para mí un placer el que Vd. me necesite, y desearía con todo mi corazón el que todo el mundo se hallara en el mismo caso.
SEG: Agradezco a Vd. esos sentimientos.
CAR: Aseguro a Vd. que le hablo con el corazón en la mano.
SEG: Me hace Vd. demasiado honor.
CAR: De ningún modo; no encuentra uno todos los días una enferma como Vd.

SEG: Doctor, soy su servidora.
CAR: Yo voy de ciudad en ciudad y de provincia en provincia para encontrar enfermos dignos de ocuparme. Desdeño entretenerme con enfermedades ordinarias, tales como reumatismo, prurito anal, dolores de cabeza y estreñimiento. Lo que yo quiero son enfermedades de importancia, buenas calenturas con delirio, satiriosis, fulgor ulterino, hidropesía, priapismo, cabecitas de alfiler, talidomídicos, centauros, talón de Aquiles, Monte de Venus, Chacra de Júpiter, Estancia de Atenea; en fin, en eso es donde yo gozo, en eso es donde yo triunfo. Desearía, señora, que estuviese Vd. abandonada de todos los médicos, desahuciada, en la agonía, para mostrar a Vd. la excelencia de mis remedios.
SEG: Le agradezco, caballero, las bondades que tiene para mí.
CAR: Déme el pulso. Vamos, lo hallo natural. Eso no es natural. ¿Quién es su médico?
SEG: El Dr. Limbo del Hano.
CAR: Ese nombre no me gusta. ¿Y de qué dice que está Vd. enferma?
SEG: De un resfrío del bazo.
CAR: Esos médicos como su Hano son animales, por no decir otra cosa. De lo que está Vd. enferma es del pulmón.
SEG: ¿Del pulmón?
CAR: Sí. ¿Qué siente Vd.?
SEG: Entre otras cosas, desprecio a quien no se interesa por mí.
CAR: Justamente, el pulmón.
SEG: A veces, o siempre, me parece que los colores tienen halos.
CAR: El pulmón. ¿Qué más le pasa?
SEG: Un sentimiento musical. Alguien en mí considera la noche y siente que por irremediable que sea la miseria humana, ella, la noche, es perfectamente hermosa.

CAR: El pulmón.

SEG: Fue el jardín. De pie sobre la tierra húmeda, sentí alegría. Pero de súbito caí sobre la tierra. No sabía por qué la abrazaba, no comprendía por qué deseaba tanto besarla.

CAR: El pulmón. Escúcheme. ¿Qué te pasa?

SEG: Un tormento como sentirse deletreada por un semianalfabeto. Asfixia y éxtasis. De noche alguien pregunta en un jardín, pero las respuestas son equívocas y desdobladas.

CAR: Por lo menos sufrís, por lo menos sos desdichada.

SEG: Admiro tu dulzura ponzoñosa.

CAR: No me duele tu ironía. Pero si hicieras un esfuerzo por hablar. Te haría tanto bien.

SEG: ¿Querés que hable? Muy bien. *(Pausa)*. Todo está como un peine lleno de pelos; como escuchar con una esponja en los oídos; como un loco metiendo a una mujer en la máquina de picar carne pero le parece poco y mete también la alfombra, el piano y el perro. *(Cierra los ojos)*. Mirá por la ventana y decime qué hay.

CAR *(mirando por la ventana)*: No lo puedo creer.

SEG: No te pido que te hagás creyente sino que digas lo que hay.

CAR: Hay un fotógrafo de esos que sacan «mirando el pajarito». Está fotografiando a un ciego —sí, lleva bastón blanco— acompañado de su perro.

SEG: ¿Y en la ventana de enfrente?

CAR: Lo de siempre: una bombacha y un corpiño sobre una silla y una sombra que va y viene. Es la sombra de la dactilógrafa.

SEG: ¿Y el sol?

CAR: No hay sol.

SEG: ¿Entonces qué?

CAR: Está opaco.

SEG: ¿Y los espejos que brillaban tan dulcemente?
CAR: También los espejos están opacos.
SEG *(abriendo los ojos)*: Ponete al lado mío.

(Car se pone junto al triciclo).

CAR: Mi amante es más alta que un reloj de péndulo.
SEG: Basta de farsa.
CAR: Mi amante es obscena porque se toca la hora.
SEG: Todos me dicen que tengo una larga, resplandeciente vida por vivir. Pero yo sé que sólo tengo mis propias palabras que me vuelven.
CAR: Tantos proyectos que te exaltaban.
SEG: Es tarde para hacerme una máscara.
CAR: Dijiste que querías alabar el frío, la sombra, la disolución, dijiste que mostrarías cómo todos los caminos se abren a la negra liquefacción.
SEG: Ceremonia implacable. Alguien ejecutaba un gesto perfecto que me hechizaba y me daba terror.
CAR: No te entiendo.
SEG: Mi palabra es oscura porque estoy sola.
CAR: Tal vez vos misma te dejás aprisionar en un círculo vicioso.
SEG: Alguna vez fijate lo que dice el diccionario acerca del «círculo vicioso». La definición termina así: *Abrir es lo contrario de cerrar y cerrar es lo contrario de abrir.*
CAR: Lo malo es que es cierto. *(Pausa).* Recuerdo tu ópera en 18 actos, que duraba tres minutos.
SEG: El cuerpo de baile estaba constituido por 35 ancianos sobre 35 triciclos. Los ancianos traían tutús celestes y zapatillas rojas. La ópera se llamaba *Mecanoerótica senil* y lo único auténtico eran los movimientos de los pies.

(*Las luces se desvanecen; Seg y Car también. Luz fantasma, poética. Se escucha* El lago de los cisnes *(o algo parecido a la máxima velocidad). Irrumpen, pedaleando, los 35 ancianos del apocalipsis de Segismunda. De repente: imprevisto silencio seguido por una súbita oscuridad acompañada de un fuertísimo estampido. Un reloj toctaquea ruidosamente; se escuchan jadeos como si una muchedumbre fornicara o agonizara. Al encenderse las luces, Seg y Car aparecen en el mismo lugar y en la misma postura, pero como si en el lapso de la representación de la ópera hubiese estallado una bomba. La casa —la «plaza metafísica»— ha quedado en ruinas).*

(Pausa. Largo silencio).

SEG: ¿Quién habrá sido el bastardo de fantasmas sifilíticos?
CAR: Hay tantos.
SEG: Esa ópera hubiera podido tener un sentido, y de ese modo nosotros mismos lo hubiéramos tenido... no del todo, pero algo... en vez de nada.
CAR: ¿Por qué hablás del sentido? ¿Para qué decís cosas demasiado ciertas?
SEG: Ahora ni siquiera queda lo que yo había soñado. Tanto mejor, ya nada podrá desilusionarme.

(Pausa. Largo silencio).

CAR *(mirando por la ventana)*: La dactilógrafa se acostó y está dando cuerda a su despertador.
SEG: Mientras imagina que hace el amor con el vicegerente encima de la mesa del subgerente y entonces llega el gerente y la descubre a Ella, por lo tanto se divorcia de su mujer (con la que concibió 18 hijos) y se casa con Ella, a pesar de que

él tiene 35 años en tanto Ella frisa los 53 abriles y exhibe una sonrisa ornada por dientes y encías de plástico.

CAR *(sigue mirando por la ventana)*: Se revuelve en la cama como una cuchara.

SEG: Preguntale en dónde metió sus dedos sarnosos. *(Pausa).* Nadie quiere vivir. Las promesas son más bellas. *(Pausa).* Pero esos dedos. Si le ofrecieran lilas, al llegar a sus manos se volverían negras.

CAR: Y si la matamos, ¿qué?

SEG: No necesito sugerencias acerca de probables epílogos. Estoy hablando o, mejor dicho, estoy escribiendo con la voz. Es lo que tengo: la caligrafía de las sombras como herencia.

(Pausa).

SEG *(con arrebato)*: ¡Vámonos a las islas Galápagos! ¡Compremos un barco! ¡Las aguas nos llevarán!

CAR *(con tono de augur)*: Muerte por agua.

SEG: Me embarcaré sola. Haceme un triciclo acuático.

CAR *(va hacia la puerta)*: Lo empiezo ahora mismo.

SEG: Un momento. *(Car se detiene).* ¿Te parece que los galápagos serán mansos?

CAR: Creo que no.

SEG: Car, no hagas nada. Mejor dicho, hacé lo que quieras.

(Car va hacia la puerta).

SEG *(en voz baja, como recitando)*: Tendía las manos con amor hacia la otra orilla. ¡Car! *(Car se detiene).* ¿Cómo andás? ¿Cómo te sentís?

CAR: Voy y vengo.

SEG: Car, alguna vez, tal vez, encontraremos refugio allí donde comienza la realidad verdadera. Entretanto, ¿puedo decir hasta qué punto estoy en contra? Car, ellos son todos y yo soy yo. Car, te hablo de la soledad mortal. Hay cólera en el destino puesto que se acerca, entre las arenas y las piedras, el lobo gris... ¿Y entonces, Car? Porque romperá todas las puertas, porque sacará afuera a los muertos para que devoren a los vivos, para que sólo haya muertos y los vivos desaparezcan. No tengas miedo del lobo gris. Yo lo mencioné para comprobar que existe y porque hay una voluptuosidad enorme en el hecho de comprobar. Sólo las palabras hubieran podido salvarme, pero estoy demasiado viviente. No, no quiero cantar muerte. Mi muerte... el lobo gris... la matadora que viene de la lejanía... ¿No hay un alma viva en esta ciudad? Porque ustedes están muertos. ¿Y qué esperanza nos queda si están todos muertos? ¿Y cuándo vendrá lo que esperamos? ¿Cuándo dejaremos de huir? ¿Cuándo ocurrirá todo esto?

CAR: *(intenta sonreír y canturrea)*: «Afuera es noche y llueve tanto».

SEG: Afuera es noche de cadáveres. Los jardines con sus flores obscenas. ¿No hay un alma viva en Santa María de los Buenos Aires? No pregunto esto porque no lo sepa sino porque conviene decir a menudo lo que nos puede servir de advertencia. Car, ¿por qué no te reís? Yo, yo, yo, dije *advertencia*. Car, ¿debo agradecer o maldecir esta circunstancia de poder sentir todavía amor a pesar de tanta desdicha? Hablar de amor es casi criminal y no obstante... no obstante... y no obstante... Quiero ver mi muñeca nueva.

(Pausa).

(Car sale y entra sosteniendo una muñeca verde por una pierna).

CAR: Aquí está la invitada.

(Entrega la muñeca a Seg, quien la sienta en sus rodillas).

SEG: ¿Verdad que es verdad que es verde?
CAR: Parecer, parece verde.
SEG: ¿Cómo que parece verde? ¿Es verde o no es verde?
CAR: Entre el verde y el azul fui herido.
SEG *(examinando a la muñeca)*: Olvidaste el sexo.
CAR: La muñeca no está terminada pero esa medalla de la guerra de Alsacia y Lorena y esos flecos dorados y esa ramita bordada indican que empieza a despuntarle un sexo que ni la Bella Otero.
SEG: No le pusiste sombrero.
CAR: ¡Te dije que no está terminada! Una muñeca que se respeta no lleva sombrero antes de estar terminada. ¿O es que por casualidad los fetos llevan panamás?
SEG: ¿Puede pararse?
CAR: ¿En dónde? ¿Por qué? ¿Aquí mismo?
SEG: ¿Puede pararse la muñeca?
CAR: No se lo pregunté.
SEG: Tratá de pararla.

(Le da la muñeca a Car, quien la pone en el suelo. En cuclillas, Car trata de mantener a la muñeca sobre sus pies, sin lograrlo. La deja. La muñeca cae).

SEG: Y ahora ¿qué pasó? Dámela.

(Car se la da).

SEG: Me mira y medita. ¿Comprendés, Carl, lo que esto significa?
CAR: Sí.
SEG: Ahora es como si me pidiera que la lleve a pasear en el triciclo.
CAR: Todas las hembras a medio hacer se mueren por los triciclos.
SEG: También es como si me exigiera palabras para comer. Tiene hambre de poemas. Voy a dejarla así, implorando.

(Car se levanta).

CAR: Te dejo.
SEG: ¿Sentís celos de Lytwin?
CAR: ¿Lytwin?
SEG: Es el nombre que le puse a mi muñeca.
CAR: Me voy.
SEG: No sos más que un pobre celoso.
CAR: ¿Y qué?
SEG: Un sentimental. Acogedor como un catre. Recurriendo a los tangos por no saber o por no poder decir las propias penas. *(Pausa).* Es tan bella, Car, mi muñeca nueva.
CAR: Todos fuimos bellos, inclusive Sócrates. Después, al crecer, Sócrates no fue que digamos una muñeca.

(Seg empieza a pedalear suavemente e intenta familiarizar a Lytwin con Gregory, el triciclo fabuloso. Se pasean por el ámbito de la escena. Car los mira y, sin darse cuenta, sonríe y llora a la vez. Aparecen algunos músicos vestidos de cosacos-pop que ejecutan cantos flamencos cantados por un individuo envuelto en papel de diario. La mu-

ñeca, dichosa como todo ente que no acabó de nacer, intenta manifestar su agradecimiento. Aunque ignora el código social, se oye su vocecita enunciar nítidament).

LYTWIN: ¿Quién pregunta y quién respuesta?
SEG: No te preocupés por agradecer nada a nadie.

(Lytwin sonríe y se pone a jugar con su medalla de Alsacia y Lorena).

SEG *(en voz baja)*: Se durmió. Acostala.

(Car, en puntas de pie, se va con Lytwin).

(Pausa).

SEG *(se ha puesto una corona de papel plateado)*: Lytwin está bien, la quiero, está bien. Pero yo he firmado un pacto con la tragedia y un acuerdo con la desmesura. He aceptado un ciclo de servidumbres secretas y escucho, todo el día, como un sonoro desgarramiento de sombras. Estremecimiento del ser, vértigo de la pérdida, terror fascinado. *(Entra Car).* ¿Qué te pasó? Estás hecho una estatua de lodo.
CAR: Hay ciertos triciclos que producen cierta colitis a ciertas muñecas de cierto color verde.

(Suena el timbre, abren la puerta. Entra un chino cargado de farolitos, palillos para comer arroz, sándalo, sandalias y otros artículos «made in China»).

EL CHINO: Tengo marionetas y autómatas y homúnculos y un ramo de cardos que me recuerda los días idos. *(Mira y huele a*

Car). ¿Y por qué no? Puesto que el marqués de Sade estimaba lo que a usted recubre. Inclusive *(se vuelve hacia Seg)* tengo pajitas especiales para absorberla como a un helado de chocolate, el cual hace más mal al hígado que la misma mielda.

SEG: Le compro una marioneta y váyase a la mielda.

(Le arroja un billete. El chino lo recoge, besa los pies de Seg, vomita sobre los de Car y desaparece).

SEG: Aunque no creo que una muñeca suministre de una sola vez tanta caca, me atrevo, caro amigo, a proponer que te des un baño.

(Quedan los dos personajes mirándose quietos y en silencio).

SEG: ¿En qué estás pensando ahora que parecés la estatua de «El burgués gentilhombre»?

CAR *(con falso aire de nonchalance)*: Me pregunto en qué pensaba Genoveva de Brabante cuando se ponía en la torre de su castillo a esperar a su esposo.

SEG: ¿Por qué no pensás en vos que estás más interesante que Genoveva de Brabante?

CAR: Hablo en serio.

SEG: A primer oído, todos hablan en serio, pero andá mejor a hacer tus abluciones en honor de San Esfínter.

(Car se va. Seg se queda callada como una partida de ajedrez. De improviso, se pone frente a un espejo. Se pega un tiro en la sien con una pistola imaginaria, y se hace la muerta. Cae su corona de papel plateado. Se escucha música trágica, o alegre).

SEG *(con los ojos cerrados)*: Vengan, muchachos, estoy muerta, me aburro.

(Abre los ojos. Fuerte iluminación. Cierra los ojos. Débil iluminación. Esto se repite muchas veces).

SEG: El sol nace en mi mirada. Cuando cierro los ojos es de noche.

(Medita profundamente. Aparece Car notoriamente elegante. Trae ropas más alegres).

CAR *(yendo y viniendo como un maniquí)*: Este modelo, señoras y señores, se llama «Después de mí, que se jodan». Seg, me siento hermoso.
SEG: No me interesa la percepción que podés tener de tu esquema corporal. Necesito silencio.
CAR: Pero al menos reconocé que en mí, ahora, todo es lujo, calma y «voluptad».
SEG: ¡Silencio, se está haciendo el silencio! Si no dejás que el silencio termine su gestación, te mato.
CAR: Adiós.
SEG: ¿A dónde vas?
CAR: Adonde nadie alumbra silencios como si fueran quintillizos.

(Pausa).

SEG: Todos los que me abandonaron llevan el chaleco de fuerza o el sobretodo de madera. Me acuerdo de uno que se llamaba Allan, aunque era napolitano. Cuando se enojaba conmigo se desabrochaba la bragueta, se arrancaba un mechón de pelos y me los tiraba a la cara. ¿Sabés cómo terminó?

CAR: En Vieytes.

SEG: Clamando por su mamá. *(Pausa)*. Andá a decirle a Macho que venga que vamos a conversar.

(Car se va y aparece con Macho, quien suena muy fuerte el timbre de su triciclo).

MACHO *(sin dejar de sonar el timbre)*: Aquí llega el Mahatma Gandhi de las rueditas, el Confucio del eterno triciclo, la Juana de Arco del autotransporte, el Napoleón de los vehículos, el Atila de los tres, el Pío XII de los pedales, el Lautréamont.

SEG: Cuidado. No te metás con el Conde. Ya es bastante si no los tiré por el incinerador de residuos, a vos y a esa libidinosa parecida a Wagner.

CAR: ¿Qué es Wagner?

SEG: ¡Silencio! Mientras tu mujer ahuyente a los tipos desnudos del amueblado de sus pesadillas, nosotros vamos a tratar de hablar. *(Pausa)*. Restos. Para nosotros quedan los huesos de los animales y de los hombres. Donde una vez un muchacho y una chica hacían el amor hay cenizas y manchas de sangre y pedacitos de uñas y rizos públicos y una vela doblegada que usaron con fines oscuros y manchas de esperma sobre el lodo y cabezas de gallo y una casa derruida dibujada en la arena y trozos de papeles perfumados que fueron cartas de amor y la rota bola de vidrio de una vidente y lilas marchitas y cabezas cortadas sobre almohadas desplumadas como almas impotentes entre los asfódelos y tablas resquebrajadas y zapatos viejos y vestidos en el fango y gatos enfermos y ojos incrustados en una mano que se desliza hacia el silencio y manos con sortijas y espuma negra que salpica a un espejo que nada refleja y una niña que durmiendo asfixia a su paloma preferida y pepitas de oro negro resonantes como un conjunto de gitanos de duelo tocando sus violines a orillas del mar Muerto y un corazón que late para engañar y una rosa que se abre para traicionar y un niño llorando frente a un cuervo que grazna *(pausa)*, y la inspiradora se enmascara para ejecutar una melodía que nadie entiende bajo una lluvia que calma mi mal. *(Pausa)*. Nadie nos oye, por eso omitimos ruegos, pero ¡miren! el gitano más joven está decapitando con sus ojos de serrucho a la niña de la paloma. Vamos a beber algo. Car, tres vasos de agua.

(Car sale y vuelve con una bandeja).

SEG: Maldito, trajiste soda.
CAR: No, es agua.

(Macho eructa con devoción).

SEG: Acabamos de escuchar la prueba del flagrante delito.
MACHO *(llorando)*: Estoy borracho y no tengo otro sitio adónde ir más que a la tumba. Seg, ¿a quién encontraré en el cielo?
SEG: No sé quién está allí ni me importa.
CAR: A tu salud, Seg.
SEG: A mi salud.
MACHO *(insinuante)*: Necesito soda para brindar.
SEG: Nunca te la convidarán. No recuerdo por dónde voy. Sí, lo malo de la vida es que no es lo que creemos pero tampoco lo contrario. *(Triste)*. ¿Quién es el que me quiere? *(Gestos afectuosos de Car y de Macho)*. Nada de farsa. Si viera un perro muerto me moriría de orfandad pensando en las cari-

cias que recibió. Los perros son como la muerte: quieren huesos. Los perros comen huesos. En cuanto a la muerte, sin duda se entretiene tallándolos en forma de lapiceras, de cucharitas, de cortapapeles, de tenedores, de ceniceros. Sí, la muerte talla huesos en tanto el silencio es de oro y la palabra de plata. *(Pausa)*. Este triciclo se está moviendo sin que yo me mueva. Tendré que hacerlo ver por un mecanorinario. *(Pausa)*. Yo, la triciclista, soy una metafísica en la sombra. *(En voz muy baja)*. La sombra, ella está aquí. Día de sal volcada. Día de espejos rotos. Yo estaba por encontrar un pequeño lugar solitario, propicio para vivir. Soy una mendiga de tregua. Esta vez la sombra vino a la tarde, y no como siempre por la noche. Y yo ya no encuentro un nombre para esto. *(Sigue con la mirada el avance de una presencia invisible)*. Y ahora, ¿qué hacemos aquí? Indefinidos, desposeídos, imbéciles. Nos desmoronamos en forma anodina. Nuestra condición es tan funesta que ni siquiera puede haber duelo. *(Largo silencio. De improviso, Seg sonríe)*. ¿Sabés, Macho, que tengo una muñeca nueva? Nació verde y tiene complejos anales.

MACHO: ¡Qué adorable! ¡Qué inverosímil! ¡Qué estereofónico!

SEG: Recién le dijo a Car: «O me contás Caperucita Roja o te mato». *(Pausa)*. Es de un verde esencialmente reconcentrado, ¿verdad, Car?

CAR: No, es de un verde lleno de traición. Pero eso que dijiste sobre las ganas y la razón de ser de la existencia...

SEG: ¿Pensaste que lo dije en serio? *(Alarmada)*. Aquí está de nuevo la sombra. *(Largo silencio. Cierra los ojos, habla lentamente)*. Y entonces, y ahora, y entonces, me alejé o llegué. Fue hace mucho, ayer. ¿Tendré tiempo de hacerme una máscara para cuando emerja de la sombra?

MACHO: ¿Y si brindásemos por vos y por la sombra?

CAR *(con voz de locutor radial)*: «Aborrezco los fantasmas», dijo, y se notaba claramente por su tono que sólo después de haber pronunciado estas palabras, comprendía su significando. *(Se levanta como quien se va).*
SEG: ¿Qué te pasa, Car?
CAR: Me voy porque la vida que llevo aquí, mi vida, no me gusta.
SEG: ¡Iluso! Como un profesor de lógica.
MACHO: Iluso como una monja comprando velas verdes.
SEG: A mí me gustan las monjas, los pingüinos y el fantasma de la ópera. De modo que te vas de aquí.
MACHO: Si lo dije en broma. *(Ríe).* Debo de tener un fibroma.
SEG *(a Macho)*: Andate.

(Macho se va en su destartalado y rechinante triciclo).

SEG: La función ha terminado. *(Buscando).* La muñeca se fue.
CAR: No es una persona verdadera, no puede irse.
SEG: Aquí no está.

(Car sale; vuelve con Lytwin).

SEG: Dámela. *(Car se la entrega. Seg la abraza).* Enigmático personajito tan pequeño, ¿quién sos?
LYTWIN: No soy tan pequeña; sos vos quien es demasiado grande.
SEG: Pero ¿quién sos?
LYTWIN: Soy un yo, y esto, que parece poco, es más que suficiente para una muñeca.
SEG: ¿No pensás que Lytwin es adorable y siniestra a la vez?
LYTWIN *(en actitud de contrición)*: Fui yo quien te rompió los libros para hacerme cucuruchos, barcos y sombreros de corsario que... *(Se interrumpe).*

CAR: Se le acabó la cinta grabadora.
SEG: Ponele otra más extensa.
CAR: No puedo. Necesito silencio.
SEG: ¿En qué pensás?
CAR: Quiero ordenar lo de aquí. *(Se toca la cabeza con ambas manos).* Hay como chicos mendigos saltando mi cerca mental, buscando aperturas, nidos, cosas para romper o robar. Quiero hacer orden.
SEG: ¡Orden! ¿Qué es esa mentira?
CAR: Aunque sea una falacia, aspiro a tener orden. Para mí, es la flor azul de Novalis, es el castillo de Kafka.
SEG: Decí mejor que es tu musa de la mala pata.
CAR: Yo sé que es idiota, pero es lo único que quiero verdaderamente. Un espacio mío, mudo, ciego, inmóvil, donde cada cosa esté en su lugar, donde haya un lugar para cada cosa. Sin voces, sin rumores, sin melodías, sin gritos de ahogados.
SEG: ¿Es eso todo lo que querés?
CAR: Quiero un poco de orden para mí, para mí solo.
SEG: ¿No andarás enfermo?
CAR: Estás profanando mi sueño. El orden es mi único deseo, por lo tanto es imposible. En consecuencia, no creo estar molestando a nadie deseando cosas imposibles.

(Va hacia la puerta).

SEG: ¿Por qué te vas?
CAR: Si solamente algo anduviera mejor gracias a mi presencia en esta casa. Pero no. ¿Para qué sirvo?
SEG: Para hablar conmigo. Gracias a nuestras conversaciones adelanté mi libro.
CAR: ¿Cuál libro?

SEG: ¿Qué libro?

CAR: El que adelantaste.

SEG: Pero si me estoy refiriendo a mi obra teatral.

CAR: ¡Una obra teatral!

SEG: No te hagás el viajero sin equipaje. No me vengas ahora con que no te conté lo de la obra.

CAR: ¿Qué importa? Espero que hayas adelantado mucho.

SEG: Mucho no. No mucho. A veces el sol se me sube a la cabeza y escribo como si reaprendiera la vida desde la letra *a*. Otros días, como el de hoy, soy un agujero desintegrándose. Sin embargo, algo he adelantado, y hasta puedo decir que adelanté más que algo.

CAR: ¡Más que algo! ¡Cuánto!

SEG: No exageres.

CAR: ¿Que no exagere? Pero me decís algo tan...

SEG: Tiene tatuajes en el traste.

CAR: ¿Quién?

SEG: ¿Cómo?

CAR: ¿El protagonista?

SEG: Si lo querés llamar así. Tiene tatuados dos ojos, una nariz y, naturalmente, una boquita de corazón. Hasta un sombrero tiene. En fin, una típica belleza de los años veinte en pleno traste. Además de tener tatuajes, tiene siempre razón.

CAR: ¿Es un vidente?

SEG: No, es un traidor.

CAR: ¡Qué emocionante! ¿A quién traiciona?

SEG: A él mismo. Simula vigilarse y protegerse a distancia pero en verdad se acecha, se espía, se busca fisuras, se aguarda gestos de fragilidad, a fin de tomar posesión de su terreno baldío y...

CAR: ¿Y qué?

SEG: Y echarse de sí mismo. Eliminarse, aunque sea arrojándose por el inodoro.
CAR: ¿Qué hace todo el día?
SEG: Mira oscuridad.
CAR: Y de sus noches, ¿qué hace?
SEG: Lee un libro pornográfico sosteniéndolo en la mano izquierda. Con la derecha, Domingo se manualiza.
CAR: ¿Por qué se llama Domingo?
SEG: ¿Y por qué no se va a llamar Domingo?
CAR: Hay otros nombres. Basta mirar el calendario.
SEG: Veamos. *(Lee salmodiando).* Santo Abstinente, Santa Franela, San Pepe, San Ejecutivo, Santa Fifa... ¿No te gusta Santa Fifa? *(Toma su falo de oro y emite un pitido. Lytwin se ríe a carcajaditas).*
CAR: Ya sabe reír.
SEG: Y fifar, como su risita lo indica.
CAR: Sí, señor. Ya ríe y ya fifa.
SEG: Lo de que fifa es, por ahora, una hipótesis de trabajo. Pero en el caso de ser cierta, ¿con quién fifaría mi muñeca?
LYTWIN: Con un matrimonio.
SEG: ¿Cómo?

(Se oyen estertores seguidos por un gemido largo y luego por un llanto animal).

SEG: Andá a ver qué hacen los desechos.

(Car sale. Vuelve con rostro de máscara).

CAR: Reventó la ramera.
SEG: ¿Y Macho?

CAR: Llora.

SEG: Entonces quiere vivir. Dame el diccionario de Caballero. *(Car sale y vuelve con el diccionario)*. Quiero saber qué dice a propósito de la ventana. *(Busca en el diccionario)*. «La abertura que se deja en las paredes de los edificios para que entre la luz, el aire, etc.». ¿A quién o qué cosa esconderá el *etc.*? No importa puesto que la frase «para que entre la luz» me suena como una ofensa personal. Creo que el hipopótamo me conviene más que la ventana. *(Busca)*. Veamos: «Anfibio paquidermo llamado vulgarmente caballo marino, que vive en los grandes ríos y relincha como el caballo». Pero lo mejor son las palabras que le siguen al pobre hipopótamo: «hipoquerida», «hipostibito», «hipotóxoto», «hirsucia», «hirticando», «hirtípedo», «hisopifoliado», «hispiditez»... Hispiditez, parece una despedida estúpida entre hispanos y piditas.

CAR: ¿Quiénes son los *piditas*?

SEG: ¿Cómo podría saberlo si los acabo de inventar?

CAR: No entiendo por qué pasaste de la ventana al hipopótamo.

SEG: Por una analogía que se fundamenta en leyes secretas.

CAR: Te molestó la definición de *ventana*, ¿verdad?

SEG *(mirando el cielo)*: Odio las nubes cuando se combinan en formas hermosas. Qué raro es sentir la luz sobre mi cara. Me gusta, pero sería como una errata demasiado notoria que yo y la luz hiciéramos alianza. *(Pausa)*. El sol como un gran animal demasiado amarillo. *(Pausa)*. Es una suerte que nadie me ayude. No hay nada más peligroso, cuando se necesita ayuda, que recibirla. ¿Qué te pasa?

CAR: Tengo frío, tengo culpa.

SEG: Andá a buscar a Macho.

(Car sale y vuelve).

CAR: No quiere venir.
SEG: ¿Hace algo?
CAR: Con la mano derecha remolca el triciclo de Futerina mientras con la mano izquierda conduce el suyo.
SEG: ¿Así es como piensa resucitarla?
CAR: Cada uno resucita como puede.

(Pausa).

SEG: Traeme a Lytwin. *(Car va hacia la puerta).* No, no vale la pena.
CAR: ¿No querés que la traiga?
SEG: No.
CAR: Entonces me voy.
SEG *(absorta)*: Por supuesto.
CAR *(va hacia una ventana; mira atentamente; canturrea)*: «Y pensar que en mi niñez tanto ambicioné...».
SEG *(absorta)*: Por supuesto. *(Car sale. Pausa).* Voces, rumores, sombras, cantos de ahogados: no sé si son signos o una tortura. Alguien demora en el jardín el paso del tiempo. Y las criaturas del otoño abandonadas al silencio.
»Yo estaba predestinada a nombrar las cosas con nombres esenciales. Yo ya no existo y lo sé; lo que no sé es qué vive en lugar mío. Pierdo la razón si hablo, pierdo los años si callo. Un viento violento arrasó con todo. Y no haber sabido hablar por todos aquellos que olvidaron el canto... *(Toca el silbato. Entra Car, quien se detiene junto al triciclo).* ¿No eras el ausente? ¿No anunciaste que eras el ido?
CAR: ¿Para qué hablamos si no hay ningún silencio que romper?

SEG: Muchacho literario, ¿qué vas a hacer sin mí en esta vida con dientes de tigre?
CAR: Aquí no se vive ni se sueña. Tampoco se ama.
SEG: Vivir a mi lado es una suerte de muerte, pero alejarse de mí significa morir. ¿Acaso comprendés quién sos?
CAR: Es una cuestión pueril. Yo soy yo y vos no sos yo.
SEG: ¿Y quién te garantiza que vos no sos la sombra de alguno de mis yo?

(Car da vueltas por la habitación. Por el modo de caminar o por lo que fuere, parece un autómata o un muñeco, no un ser viviente. Rumores de lluvia).

CAR *(canturreando)*: «... el mismo amor, la misma lluvia...».
SEG: La cabeza es inútil, los brazos y los pies son inútiles, el sexo es inútil, los ojos son inútiles. *(Pausa).* Como una loca que se comió un peine y quedó encinta, como un mono atragantado con la estopa de mi muñeca, como declarar su amor llevando un corazón de lata. ¿Y qué si lo he perdido todo? ¿Qué estás haciendo?
CAR: Voy y vengo.

(Car se acerca a una ventana y mira).

CAR *(canturreando)*: «... nadie en ella canta nada...».
SEG: ¡Car!
CAR *(canturreando)*: «... nadie en ella canta nada...».
SEG: Aquí no hay nada que cantar.
CAR: «... nadie en ella canta nada...».
SEG *(con dulzura)*: Car, aquí no se canta.
CAR: ¿Ya no hay derecho al canto?

SEG: No.

CAR: ¿Sabés cómo va a terminar esto?

SEG: ¿Cómo puede terminar lo que no empezó?

CAR: Yo sólo quería cantar.

SEG: Se abrió la flor de la distancia. Quiero que mires por la ventana y me digas lo que veas, gestos inconclusos, objetos ilusorios, formas fracasadas... Como si te hubieses preparado desde la infancia, acercate a la ventana.

CAR: Un café lleno de sillas vacías, iluminado hasta la exasperación, la noche en forma de ausencia, el cielo como de una materia deteriorada, pasa alguien que no vi nunca, que no veré jamás...

SEG: ¿Qué hice del don de la mirada?

CAR: Una lámpara demasiado intensa, una puerta abierta, alguien fuma en la sombra, el tronco y el follaje de un árbol, un perro se arrastra, una pareja de enamorados se pasea despacio bajo la lluvia, un diario en una zanja, un niño silbando... *(Repentinamente, en tono vengativo)*. Una equilibrista enana se echa al hombro una bolsa de huesos y avanza por el alambre con los ojos cerrados.

SEG: ¡No!

CAR: Está desnuda pero lleva sombrero, tiene pelos por todas partes y es de color gris y con sus cabellos rojos parece la chimenea de la escenografía de un teatro para locos. Un gnomo desdentado la persigue mascando las lentejuelas de... *(Pausa. Con voz fatigada)*. Una mujer grita, un niño llora. Siluetas espían desde sus madrigueras. Ha pasado un transeúnte. Se ha cerrado una puerta.

(Pausa).

SEG: ¿Qué pasó?
CAR: ¿Qué?
SEG: No pasó nada. Eso pasó. Cerrá la ventana.

(Car cierra la ventana).

SEG: Es curioso cuánto se habla para tan sólo no llegar al fondo de la cuestión.
CAR: Estoy cansado de nuestros diálogos.
SEG: Tan nuestros no son. *(Recitando).* Soy el silencio, el pensamiento, la lengua y el eco. Soy el mástil, el timón, el timonero, el barco y la roca donde se estrella el barco.
CAR: Estoy cansado.
SEG: Quiero a Lytwin.
CAR: No quiero.
SEG: Traela.

(Car busca a Lytwin, la golpea contra la pared y la entrega brutalmente a Seg).

CAR: Aquí tenés a tu doble.
SEG: ¡Golpeaste a mi doble!
CAR: Ojalá pudiera matar a tu doble.
SEG: Mi todo inofensiva muñequita. *(La acaricia).* Pensar que ella ni piensa que duerme.
CAR: No empieces el juego.
SEG: Ya veo que es tarde.
CAR: No es nada, ni siquiera tarde.

(Pausa. Se oye sonar el timbre).

SEG: Debe de ser alguien.

CAR: ¡Alguien!

SEG: Está bien, matalo. Te ordeno matarlo. *(Car se precipita hacia la puerta)*. ¡Imbécil! ¡Como si valiera la pena!

(Car se detiene bruscamente. Abre una ventana y finge mirar).

CAR: Dejé mi valija en depósito en la estación.

SEG: Ti trema un poco il cuore?

CAR *(emite una ininteligible imprecación)*: Si todo lo que está afuera entrara de una vez a fin de vivificar esta casa. *(Va hacia la puerta)*. Ocurrió. Ninguna salida.

SEG: Decí unas palabras de despedida, como en el teatro.

CAR: No quiero decir nada. ¿Qué voy a decir?

SEG: Hay tanto adiós en tu mirada. Car, unas pocas palabras bien escogidas.

CAR: ¿Acaso las vas a recordar?

SEG: Sí. Voy a tener una enorme cantidad de lugar dentro del más grande silencio.

(Se oye un gemido brutal; es el último estertor de Macho).

CAR: He vivido entre sombras. Salgo del brazo de las sombras. Me voy porque las sombras me esperan. Seg, no quiero hablar: quiero vivir.

Julio-agosto de 1969

Intento de prólogo al estilo de ellos, no del mío

Ellos son todos y yo soy yo.

G.

Nada en suma. Absolutamente nada. Nada que no salga del carril cotidiano. La vida no fluye ni incesable ni uniforme: no duermo, no trabajo, no paseo, no hojeo al azar algún libro nuevo, escribo bien o mal —seguramente mal—, con impulso y con desmayo. De rato en rato me tumbo en un diván para no mirar el cielo, añil o ceniza. ¿Y por qué no habrá de surgir de improviso lo impensado, quiero decir el poema? Trabajo noche tras noche. Lo que cae fuera de mi trabajo son dádivas de oro, las únicas estimables. Pluma en mano, pluma en las cuartillas, escribo para no suicidarme. ¿Dónde nuestro sueño de absoluto? Diluido en el afán diario. O acaso, a través de la obra, hacemos esa disolución más delicada.

El tiempo transcurre. O, más exactamente, nosotros transcurrimos. En la lejanía, cada vez más próxima, la idea de un trabajo siniestro que he de cumplir: la corrección de mis antiguos poemas. Fijar la atención en ellos equivale a volver a lo mal andado, cuando ya estoy caminando hacia otra parte, no mejor pero sí distinta. En un libro informe quiero detenerme. No sé si ese libro mío realmente me pertenece. Forzada a leer sus páginas, me parece que leo algo escrito por mí sin darme cuenta que era otra. ¿Podría escribir hoy del mismo modo? Me descontenta, siempre, leer una antigua página mía. La sensación que experimento no podría definirla con exactitud. ¡Quince años escribiendo! Desde los quince años con la pluma en la mano. Fervor, pasión, fidelidad, devoción, seguridad de que allí está la vía de salvación (¿de qué cosa?). Los años pesan sobre mis hombros. No podría yo escribir así al presente. ¿Había en esa poesía la asombrada y silenciosa desesperación de ahora? Poco importa. Todo lo que quiero es volver a reunirme con las que fui; el resto lo dejo a la ventura.

Cantidad de imágenes de muerte y de nacimiento han desaparecido. El destino de estas prosas es curioso: nacidas de la desgracia, sirven, ahora, para que otros se entretengan (o no) y se conmuevan (o no). Acaso, después de leerlas, alguien que yo sé me querrá un poquito más. Y esto sería bastante, es decir muchísimo.

[Sin fecha]

Alejandra Pizarnik:
una traición permanente

Epílogo
por Gabriela Borrelli Azara

El descubrimiento de la obra de Pizarnik es una de las experiencias más revolucionarias de lectura con las que una se pueda cruzar. Constituye una revolución interna y profunda. Recuerdo la primera vez que la leí, la incredulidad que me nacía: ¿era que realmente se podía escribir así? Se podía, y en mi propia lengua. Los poemas entonces nuevos para mí libraron pequeñas batallas con lo anteriormente leído y así, cada vez, dentro de una se van formando ejércitos del yo que marchan buscando algo. ¿Qué buscan? Encontrar, por ejemplo, esa tierra lejana de la que la última inocencia fue testigo, trazar aventuras perdidas, reposar bajo el árbol de una revolución permanente: la de Diana, patrona y cazadora, entre otras cosas, de bestias salvajes. El movimiento interno que produce la obra de Pizarnik está más cercano, sin embargo, al enigma que a la revelación. Es como si algo de aquello que no puede ser revelado se hiciera parte de una, algo que nos hace pensar que quizá no todo tenga explicación. Un movimiento enigmático, una revolución que traiciona todo lo que estaba construido. Así, al recorrer su obra se avanza sobre lo establecido y se transforma en traición permanente. Cada libro va arrastrando al anterior hasta hacerlos explotar en prosas dispersas pero cuidadas, ultratalladas. Contrariamente a una interpretación que diferencia su obra poética de su prosa, o enfatiza en lo que se considera un cambio de obsesiones literarias, aquí leo continuidades, insistencias y profundizaciones. En toda lectura se funda un espacio íntimo y al mismo tiempo compartido con otros lectores. El espacio que nos ofrece la obra de Pizarnik quizá sea uno de los más diversos y laberínticos: su poesía y su prosa no dejan de producir interpretaciones, emociones, intrigas, desacuerdos, leyendas que se van descifrando y acomodando a diferentes olas analíticas. Toda Pizarnik pasó ya por las lecturas psicológicas, las góticas, las postestructuralistas, las que confunden vida y obra, las feministas, y las del yo en el centro de la escena. Los más estimulantes quizá fueron los análisis guiados por la lingüística o la filosofía, o los de la dislocación del yo, tan fecundos. Lo cierto es que poco se ha reflexionado sobre la relación con los tiempos históricos en los que escribió, y sobre los diálogos secretos, indirectos y hasta invisibles que mantuvo con otros escritores de su época. Ahí radica tal vez una clave para leer estas prosas que traicionaron a algunos lectores y fundaron en otros nuevas batallas. La obra de Pizarnik fue durante mucho tiempo leída a la luz de su temprana y narradísima muerte, en 1972, después de consumir cincuenta pastillas de Seconal sódico. De toda una vida, fue la forma de su muerte el hecho que se convirtió en patrón para que su obra circule en clave maldita, una carga que cayó sobre todos sus versos. Algo así sucedió también con su prosa. Sin duda, los textos más sexuales dentro de su obra, verdadera radicalización lingüística y sonora, fueron incluso interpretados como consecuencia de la toma de unos antidepresivos. Todo acontecimiento dentro de su obra fue subyugado a la escena no menor, pero sólo la escena final de su vida. Me rehúso a reproducir este acuerdo; intento, en cambio, leer su prosa tanto en relación con sus poemas como con el momento político-literario en que la escribió.

Alejandra Pizarnik publicó su primer libro en 1955, en septiembre, con la ayuda financiera de sus padres y el empuje de Juan Jacobo Bajarlía, escritor, poeta y un nombre clave de la intelectualidad de esos años, que la conectaría con el surrealismo argentino y con quien tendría una relación principalmente intelectual. En *Alejandra Pizarnik. Anatomía de un recuerdo*, libro en el que Bajarlía narra su relación con Alejandra e intenta una biografía de sus primeras lecturas, aparece este diálogo:

> Recuerdo, aún hoy, lo que me dijo ese día en La Paz:* «La muerte que sólo existe como necesidad de la vida también es poesía». La miré fijamente y le dije: «Has creado un poema, un poema pesimista pero un poema». Ella respondió con su frase obsesiva: «Quiero publicar».

Alejandra tenía sólo diecinueve años y ya poseía una *obsesión* vital: escribir, publicar. En ese momento estudiaba pintura, periodismo y filosofía. Lo conoció a Bajarlía en una clase de periodismo. Él la doblaba en edad, pero los libros y la conversación sobre literatura y filosofía los fueron acercando. Bajarlía le presentó a su editor y se mantuvo muy cerca de la edición de su primer libro, el único que Pizarnik firmó como Flora Alejandra Pizarnik, su nombre completo. La cuestión de la identidad no es algo menor, como nos lo dice el mismo Bajarlía en su libro, que no escatima comentarios sobre la curiosidad que le provocaban a Alejandra los autores que se habían suicidado; incluso expone

---

* Bar emblemático de la ciudad de Buenos Aires, abierto en 1944, situado en la calle Corrientes. Lugar de reunión de la intelectualidad argentina de las décadas de los cincuenta, sesenta, setenta y ochenta. Alejandra vivía muy cerca del bar, y lo frecuentó mucho los últimos años de su vida. Su amigo Fernando Noy afirmó: «La Paz fue el templo de la desmesura».

diálogos y pensamientos de cómo llega a defender el suicidio y el lesbianismo de Safo: «El tema del lesbianismo le interesaba tanto como el del ocultismo. Ambos, según ella, servían para descubrirse. Era como escarbar en el principio de identidad. Ser uno mismo a través de una acción homeopática que consistía en tomar el propio cuerpo como una vía de escape». Parece que ella continuó diciendo: «Dentro de la naturaleza todo es verdad». ¿En qué escape piensa Pizarnik? En el escape del yo a través de las palabras, o tal vez en la creación de ese yo como cuerpo textual puramente. De ahí la plasticidad de su obra: las imágenes van desde la observación de la noche, en su poesía, hasta la rítmica picaresca y absurda de «En Alabama de Heraclítoris» o «La pájara en el ojo ajeno» en «Hilda la polígrafa».

La relación con Bajarlía alumbra una sentencia que insiste en la obra de Alejandra. Es una frase que une lecturas, influencias y finales. Alejandra tenía, entonces, un libro publicado y se estaba haciendo un nombre dentro del ambiente literario porteño: una noche de noviembre de 1955 se sentó frente al escritor y con una valija en la mano le dijo: «Me fui de mi casa, quiero casarme». Bajarlía, azorado, no respondió o respondió vagamente y entonces ella sentenció (parece que en una mesa del bar La Paz, siempre el bar La Paz): «Ahora o nunca». Finalmente fue nunca, y Alejandra tuvo amores, desencuentros y otras relaciones. Quisiera no detenerme sin embargo en la realidad de la anécdota o en la historia, sino en esas palabras, en ese *ahora o nunca*, para que funcionen como la marca emocional que provocan sus escritos, que parecen jugarse el tiempo entero, como si algo de la irreversibilidad se posara sobre ellos: es *ahora o nunca* que se escriben, es *ahora o nunca* que se leen. No existen por fuera de esas dos dimensiones. Es también esa disyuntiva, *ahora o nunca*, lo que conecta directamente con un poema que le dedica a Antonio

Porchia, italoargentino autor de un solo, inmenso e inagotable libro: *Voces*. Poeta, pensador y místico, Porchia vivía más allá de la poesía y la escritura. Era él todas las voces, y su libro, un único libro lleno de poesía y sentencias a medio camino entre el aforismo y la condensación literaria. A Porchia, Pizarnik le escribió estos versos en su —tal vez— mejor libro de poesía: *Los trabajos y las noches*, de 1965. El poema se llama «Las grandes palabras»:

>aún no es ahora
>ahora es nunca
>
>aún no es ahora
>ahora y siempre
>es nunca

Que Porchia y Pizarnik compartan las iniciales, A. P., y que entre los dos hayan cultivado la brevedad y la exaltación del pensamiento no puede ser casualidad. Algo del milagro de la lengua castellana se cifra entre ellos dos y en una constelación literaria que trama la poesía argentina. «Porchia tuvo la mayor importancia para Pizarnik», afirmó César Aira en su texto sobre Alejandra, y no usó la palabra «influencia», sino «importancia». Leer sus *Voces* fue para Pizarnik importante y fundante, y la relación entre sus obras es evidente. Veamos, por ejemplo, estas voces de Porchia: «Mis ojos, por haber sido puentes, son abismos», o «Has venido a este mundo que no entiende nada sin palabras, casi sin palabras».

Pizarnik aumenta el caudal porchiano con la incorporación de lecturas que vienen de otro nombre con el que también comparte las iniciales, que, como si fuera alguna de sus prosas, podríamos llamar «incidentales».

Aldo Pellegrini fue un poeta argentino que fundó el primer grupo surrealista de Sudamérica en Argentina y compartió con Pizarnik traducciones y charlas sobre los surrealistas franceses que la cautivaron. Son éstas las aguas que desembocan en la creación de Pizarnik, tramas ocultas detrás de las palabras, las iniciales o la noche que se hace de la conversación. Lejos de la idea de creación única y solitaria de una niña maldita, Pizarnik fue una lectora voraz y lúcida que tenía la obsesión de una escritura: la suya. Si en su primer libro, *La tierra más ajena*, el epígrafe de Rimbaud —«¡Ah! El infinito egoísmo de la adolescencia, / el optimismo estudioso: ¡cuán lleno de flores / estaba el mundo ese verano!»— señalaba la salida al mundo; sus poemas no delataban egoísmo ni adolescencia, sino el germen de un ritmo único en la poesía hispanoamericana: «Mi ser henchido de barcos blancos. / Mi ser reventando sentires. / Toda yo bajo las reminiscencias de tus ojos. / Quiero destruir la picazón de tus pestañas. / Quiero rehuir la inquietud de tus labios. / Por qué tu visión fantasmagórica redondea los cálices de estas horas?».

Pizarnik publicó casi ininterrumpidamente desde 1955 hasta 1972, año de su muerte. Su obra no hizo más que crecer, adquirir plasticidad y ganar en la mezcla de géneros. Como se puede ver en las prosas contenidas en este volumen, sus narraciones nunca abandonaron el ritmo poético ni la observación intensa, ni el yo fuera de lugar que trabajó en sus poemas. Pizarnik encarna la figura de la escritura permanente. La fascinación que nos produce su lectura no es más que espejo de su fascinación por la escritura y el descubrimiento voraz. Alejandra descubre el mundo a través de las palabras, que, claro, nunca le alcanzan, no le son fieles, se esconden detrás de otras. Para ella, la vida es oscuridad porque no muestra su otro lado, el después de la noche de la existencia, por eso *poco se sabe de la noche* (como de la muerte) *pero ella sí parece saber de nosotras*. Si, como afirmaba Osvaldo Lamborghini, el poema «es una desgracia pasajera», esta prosa sólo demuestra el tránsito de esa desgracia a la graciosa adversidad del diálogo o la desventura de la glosa. La obra de Pizarnik se cifra en tres dimensiones: la surrealista, que nunca abandona; la picaresca, con la que pone a prueba la lengua, y la del teatro del absurdo, en la que vuelve a indagar el ser. En el diálogo entre Segismunda y Carol, en «Los perturbados entre lilas», obra de teatro de 1969, la referencia a lo obsceno se vuelve declaración de principios literarios y clave para la lectura de su prosa:

> CAR: Cuando entrás en el seno de la obscenidad, nunca más se te ve salir.
> SEG: La obscenidad no existe. Existe la herida. El hombre presenta en sí mismo una herida que desgarra todo lo que en él vive, y que tal vez, o seguramente, le causó la misma vida.

«Los perturbados entre lilas» está plagado de elementos de un barroquismo carnavalesco: cinturones de castidad, féretros-inodoros, falos de oro como silbatos, triciclos mecanoeróticos: como si la maquinaria de la escritura no fuera otra cosa que posibilidad de erotismo. No pronuncio nombres (ni hombres) en vano. No traigo a colación el nombre de Osvaldo Lamborghini sólo por la cita del poema, sino por una conexión que retroalimenta la lectura. Lamborghini, al igual que Alejandra, publicó poemas y prosas, pero en un sentido inverso. Su literatura tiene la carátula de la prosa, de novelas cortas y cuentos, y sus poemas aparecen (como muchos escritos en prosa de Pizarnik) póstumos.

Osvaldo Lamborghini publicó su primer libro, *El fiord*, en 1969, el mismo año de «Los perturbados entre lilas» y otras prosas de Pizarnik. Compartían también la lectura de Antonio Porchia. Para los dos fue importante en los términos en los que lo plantea Aira. Lamborghini le dedicó un texto llamado «Porchia estaba loco», que comienza así: «Vamos a escribir unas cuantas frases para no entender, siguiendo el hilo, desde el supuesto de entender. Que toda demora se contabilice: ganar el tiempo». Ya María Negroni había señalado en su texto *El testigo lúcido* que la prosa de Pizarnik, sobre todo «Hilda la polígrafa», se «emparentaba» con la obra de Lamborghini por su pulsión neobarroca y su interés por los signos (más que por las emociones), la insistencia en la excrecencia y lo grotesco sobre lo bello.

Ahora bien, y con esto voy llegando al punto, a la triangulación de la que les hablé antes: acercar mi lectura a la época y situar (o sitiar) a Pizarnik en el momento histórico en el que escribe su obra, específicamente, el momento de creación de su prosa que procuro leer políticamente, es decir, no separada de un contexto general de producción de textos en un momento histórico de la Argentina en particular y del mundo en general. Intento, rastreo en la oscuridad, casi sin antecedentes, una lectura sitiada de los textos en prosa de Pizarnik desde 1955 (año en que se abre para la Argentina una época de proscripción y seguidillas de gobiernos militares) hasta su muerte, en la convulsionada década de los setenta. Si la obra de Pizarnik fue abandonando la desgracia pasajera del poema para ganar la celebración del signo por sobre el tema, y la carnavalización y el juego sonoro se reúnen en sus prosas para señalar violencia, sexo y muerte (como en la biografía de «La Condesa Sangrienta»), ese proceso puede mirarse en el reflejo de la historia argentina. Aunque sea sólo una brisa, un clima de época con otros contemporáneos, con los que únicamente compartía, como en el caso de Lamborghini, la lectura de Porchia. El texto que le da nombre a este libro, por ejemplo, «Una traición mística», es un relato en prosa, un cuento, una autobiografía y algo todavía más difícil de definir, como la misma época en que fue publicado: febrero de 1970. La década de los setenta en Argentina fue sin lugar a dudas uno de los períodos más convulsionados de la historia del país. Se caracterizó tanto por las grandes movilizaciones populares, sindicales y estudiantiles como por el accionar de los diferentes grupos armados de izquierda y paramilitares. Manifestaciones como el «Cordobazo», que se había dado en 1969, continuaron con otras como el «Viborazo», por ejemplo, al año siguiente. El regreso de Perón en 1973 (exiliado en España desde 1955), los dieciocho años de proscripción del peronismo y su campo semántico marcan también el peso lingüístico de una época. Desde 1968, las influencias de las ideas marxistas, la Revolución cubana y las luchas armadas definen una época estremecida. La idea de la revolución (palabra que en Argentina había estado cooptada por movimientos conservadores de derecha) se extendía a cambios sociales y a la subversión de valores tradicionales. La violencia en la Argentina va a estar presente, en vida y muerte, como un fantasma constante que no descansa jamás. En este contexto Pizarnik escribe su prosa, sus más radicales y obscenos textos, como indicando otra impudicia, la que Lamborghini señala a través de sus ficciones atravesadas también por la política, el sexo y la violencia. Pizarnik parece jugar las cartas del humor y lo obsceno. Entiendo lo obsceno como un fantasma político, una presencia espectral que acecha, pero que no se puede siempre precisar con entidad material. La debacle social traducida al lenguaje aparece cuando el clima enrarecido de la violencia política argentina se cocinaba, en textos como éste:

¿Pero no resulta medio afligente ser la única náufraga sobreviviente en este cementerio hecho con aullidos de lobo y con el áulico ulular de Ulalume, cuya sombra yerra cerca del estuario, entre animales que parecen estatuas?

(Seguí, no seas vos también la marquesa Caguetti).

—Las desgracias no vienen solas puesto que vinieron con su madrina. Ché, Chú, quedate kioto.

—¿Entre qué tréboles treman los tigres? ¿De súcubo tu culo o tu cubo?

Lectoto o lecteta: mi desasimiento de tu aprobamierda te hará leerme a todo vapor.

[...]

¿Qué he de agregar si Plinio el Joven y Aristarco el Terco definieron para siempre el invisible fin de todo jardín? Porque yo, en 1970, busco lo que ellos en 197. ¿Y qué buscás, ché?, me dirá un lector. A lo cual te digo, ché, que busco un hipopótamo.

Claro que las relaciones entre textos e historia no son lineales, nada lo es. Es la temperatura social la que se cuece en la literatura, que no necesariamente toma elementos miméticos (soldados, guerras, crisis), pero se forja bajo la presión que todos estos signos producen. Esa temperatura percibo en la obra de Pizarnik: un territorio, un tiempo, una lengua en jaque. Esta misma lengua en la que ustedes leen, en la que Alejandra vivió y sigue viviendo y en la que se cometieron crímenes. La misma lengua con la que se torturó y se defendió la tortura. Todo, todo en nuestra misma patria castellana. Alejandra Pizarnik nunca escribió fuera del mundo, sino muy dentro de él, vorazmente comprometida con su obra y con la lectura. Le gusta París, le gusta menos Nueva York, y al final dirá: «Mi único país es mi memoria, y no tiene himnos».

Está el otoño, Señor, sobre mi vida, y todavía, Señor, no logro olvidar ese chiste malísimo que, en el verano de 1893, nos infligió esta patasanta en Haït-les-Bains, a un grupo de argentinos que tomábamos sol sin decir oxte ni moxte. Estábamos Eduardo Mancilla, Eduardo Wilde, Eduarda Mancilla, el segundo triunvirato, un indio ranquel, Ulrico Schmidl (supuesto amante de Isadora Duncan), un indio prendido, un indio aranculo, un indio cano, Leopoldo Lugones (supuestamente amante de La Sobaquinha), Andrés Bello (del brazo de Tórrida, su prometida), Leandro Alem, Parquechás, Chiclana y el Bebe Campo de Mayo.

—A ver si hacés un poco de mutis, pedazo de medio y verde pelo recorriendo la Costa Azul en bañadera —dijo la noble coja o, mejor, la blenojaco. Y arrodillóse no sin agregar:

—No me arrodillo ante vos, mierda que te verdo mierda, sino ante la mierda de la humanidad, a la que también le duelen las putas, no vayas a creer.

Finalmente, me gustaría que este epílogo empuñara otra traición. Que estas palabras que tuve el honor de escribir traicionaran, por un lado, el recuerdo sentimentaloide instalado, y por otro, la lectura que se hizo de estas prosas como «desviadas» de su obra más «seria». Creo que la prosa de Alejandra fue la gran explosión de una acumulación creativa que tenemos el privilegio de leer. También me gustaría que la celebración de su prosa sea un homenaje a su «carcajada de tamboriles y llamas» (como la recuerda el poeta Fernando Noy). Un manifiesto a favor de su tartamudeo pensante, su voz de "susurro orgásmico" o la risa que despertaba en sus amigos. Ivonne Bordelois la recordaba así, por ejemplo: «Yo lamento que haya trascendido con el halo trágico. Suicidarse se suicida mucha gente: ella era distinta, era una visionaria... Su humor tenía cantidad de matices y hacía cosas preciosas cuando conversaba». Agregaría que hacía cosas preciosas cuando nos internaba en el mundo del carnaval de su imaginación, un carnaval que subvierte, traiciona y comanda ejércitos en cada lector, para que enfrentemos la oscuridad de la vida con ritmo poético e imaginación literaria.

Índice

Ebriedad de presentimientos mágicos,
   por Luna Miguel 7
Nota a esta edición 25

Una traición mística

Juego tabú 31
Ejercicios sobre temas de infancia y de muerte 35
Niña entre azucenas 37
Una traición mística 38
En contra 41
Las uniones posibles 42
La Condesa Sangrienta 44
Palabras 63
Aprendizaje 65
Esbozo 66
Casa de citas 67
Tragedia 70
A tiempo y no 71
La verdad del bosque 75
Niña en jardín 76
Violario 77

La bucanera de Pernambuco o Hilda la polígrafa 78
Escrito en España 156
Descripción 167
Tangible ausencia 168
Toda azul 170
Diálogos 173
El hombre del antifaz azul 174
Devoción 182
[Textos] 183
Los perturbados entre lilas (Pieza de teatro en un acto) ... 193
Intento de prólogo al estilo de ellos, no del mío 231

Alejandra Pizarnik: una traición permanente,
por Gabriela Borrelli Azara 233

Este libro
terminó de imprimirse
en Madrid
en septiembre de 2024

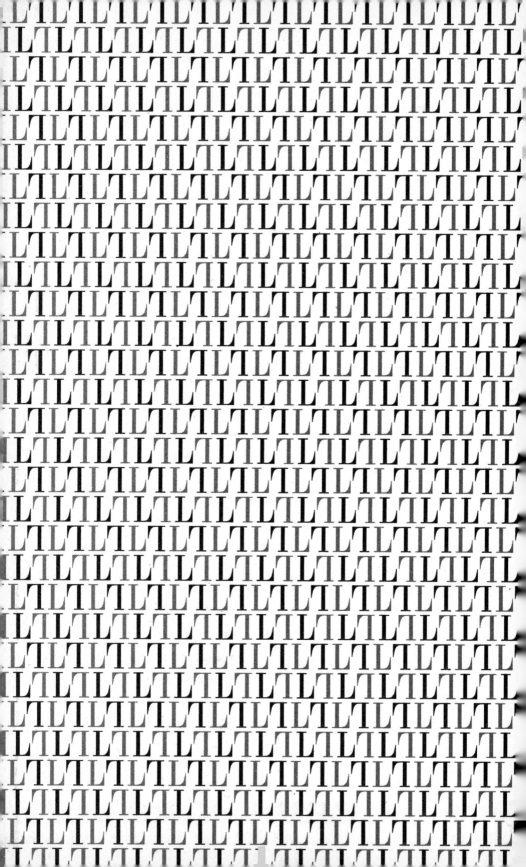